Избранные произведения
современных белорусских
писателей

白俄罗斯当代文学作品选

韩小也
辛萌 译
张惠芹

中国国际广播出版社

图书在版编目（CIP）数据

白俄罗斯当代文学作品选 / 韩小也, 辛萌, 张惠芹译. —北京：中国国际广播出版社, 2022.10
ISBN 978-7-5078-5226-4

Ⅰ.①白… Ⅱ.①韩… ②辛… ③张… Ⅲ.①现代文学－作品综合集－白俄罗斯 Ⅳ.①I511.415

中国版本图书馆CIP数据核字（2022）第188976号

白俄罗斯当代文学作品选

译　　者	韩小也　辛　萌　张惠芹
责任编辑	万晓文
校　　对	张　娜
版式设计	邢秀娟
封面设计	赵冰波
出版发行	中国国际广播出版社有限公司 ［010-89508207（传真）］
社　　址	北京市丰台区榴乡路88号石榴中心2号楼1701 邮编：100079
印　　刷	环球东方（北京）印务有限公司
开　　本	880×1230　1/32
字　　数	180千字
印　　张	8.5
版　　次	2023年2月 北京第一版
印　　次	2023年2月 第一次印刷
定　　价	39.00元

版权所有　盗版必究

前　言

在中国和白俄罗斯建交三十周年之际,《白俄罗斯当代文学作品选》终于和读者见面了。本书收录了六位白俄罗斯当代作家和三位诗人的作品,将有助于读者了解当代白俄罗斯的社会生活,了解白俄罗斯人热爱大自然的情结,了解白俄罗斯青年人的状况。

阿列斯·巴达克的作品细腻地描写了人们丰富的内心世界以及对美好生活的渴望,充分展现了白俄罗斯人的情感世界。《逃向雨的尽头》讲述的是一对夫妻的感情生活以及大自然对他们的帮助。作为专业导演的丈夫无法忍受俗气妻子的唠叨而想逃走,但是女儿不幸遭遇车祸。为了保护女儿,他一直隐忍,无法释放内心的痛苦。一次,他和妻子带着女儿来到乡下。在大自然中,他看到了小女儿的内心无比坚强,充满爱,这让他也看到了自己生活的希望。他的心灵在大自然中得到宽慰,甚至是救赎。《另侧投影》通过一个主人公的回忆,把读者带回到20世纪10年代。那时,白俄罗斯苏维埃社会主义共和国刚刚建立,知识分子欢欣鼓舞,充满了创作的激情。故事中除了对真实历史事件的描述,还贯穿着一条神秘的主线:人们相信,如果你在镜子里看到自己的脸,你就永远留在那里不会醒来。故事讲述了两个主人公的不同命运,反映出在大变革时代人们的各种心理矛盾及快乐和失望相伴相随的生活。《理想的读者》并没有讲述读者的故事,而是描写了一位著名的厨师和一个钢琴家。无论厨师,还是右手失去了一根手指,但还是弹得一手好琴的钢琴家,都需要别人能够懂得他们,欣赏他们。贯穿整个故事的思想线索是,无论职业如何,能够真正欣赏他人技能的人都是伟大的天才,每一位具有创造力的人都梦想成为如此高尚的欣赏者,成为一个理想的读者。故事《已婚妇女诱惑指南》以采访的形式写成。主人公接受白俄罗斯第一本色情杂志的采访,他向一位年轻的记者表明,一辈子爱一次是一个神话,因此任何已婚妇女都可能被诱惑。故事以悲剧结尾。

安德烈·费达连科与众不同,他的作品文笔细腻,修辞色彩丰富,注重细节描写,令读者爱不释手。他的作品乍一看讲述的是普通人的故事,其中还经常穿插他自己的回忆,但是他讲述的故事引人入胜,启迪读者对日常生活中许多看似琐碎的事情进行深入思考。《家乡的枯沼泽》的主人公是一名大学生,暑假时回到自己的家乡,回忆起童年钓鱼的美好时刻,于是他决定再去体验一下。但出乎预料的是,他在非常熟悉的树林中迷了路,陷入沼泽地不能自拔,但大自然以一种神奇的力量帮助他逃出了沼泽地,而且这次遭遇还帮助他躲过了一次大灾难。故事描述了主人公对家乡深深的爱,结尾扣人心弦,引起读者长久的共鸣。评论家们称安德烈·费达连科的散文内容平实,结构舒缓,引人深思,安娜·基斯利奇娜便评价道:"作者似乎是在最简单的日常生活中发现了人类生存的规律。"他的爱情小说也同样如此,选集中《阿列霞》的故事没有令人费解的复杂情节,以主人公的回忆为线索,描写一个男人在度假时遇到了一个带孩子的少妇,他的小老乡,他喜欢她。在他们从相见到相识再到告别的过程中,孤独迷茫的主人公找到了心灵的聆听者，但这种美好的感觉最后还是遗憾地得而复失。

阿列斯·卡尔柳克维奇的作品充满了对大自然的热爱，具有爱国主义教育意义。《蘑菇筐里的垃圾》讲述了男孩阿廖沙跟着妈妈从明斯克去乡下的外婆家采蘑菇，当看到树林里有很多垃圾时，他放弃了采蘑菇，开始捡拾垃圾，因为他在学校学到了很多关于自然保护的知识，知道这些垃圾对大自然的危害。故事的最后，阿廖沙带回来一大筐垃圾，家人不仅没有责怪他，还非常支持并鼓励他爱护自然的行为。选集中收录的七篇童话故事也反映了人与自然的关系。在白俄罗斯民间传说的基础上，作者以邀请读者穿越到过去的方式，让他们了解白俄罗斯人祖祖辈辈生活的环境及周围丰富的自然世界，如让会说话的动物告诉读者要做到善良和正义。这些童话故事包含了深厚的爱国情感。

尤利娅·阿列伊琴科是"90后"作家，她的作品反映了现代白俄罗斯青年人的生活。故事《冬神的眼睛》讲述了女孩玛丽卡的成长及不同寻常的经历，以及在这一过程中她的心理变化。在短时间内，她经历了几次重大事故：父亲去世，心爱的小狗离去，母亲变得抑郁。但她笃信上帝，认为上帝高大、善良、无所不能。她问上帝："为什么我总是失去最宝贵的东西？"上帝说："以后不会再失去了！我预言你会过上幸福生活。"故事反映了宗教对年轻一代的影响。《我想挣脱牢笼》讲述的是青春少女的故事，她在与异性的交往中寻找并期望获得真正的感情，但是第一次恋爱让她失望。这些作品都反映了现实生活中青年一代的迷茫和无助。

奥列格·日丹-普希金曾经在文学杂志社工作多年，每天都要遇到各种各样的作家，有的才华横溢，有的普普通通。最糟糕的是，当一位作家的作品质量很差，但他恰好又是你的朋友或同事时，如果你对这样的人直言不讳，拒绝发表他的作品，你就会得罪他，但真正的编辑是不能在自己认为质量达不到出版要求的作品上签字的。小说《最后的朋友》讲述的就是这样一个故事。但有时候也会发生相反的事情，一部作品质量很高，却不能出版。小说《祈祷》更深刻地揭露了当今出版业的现状和作家处境的艰难。奥列格·日丹-普希金指出，找到一条通往读者的路是多么困难，你的作品被编辑部和出版商拒绝，不一定是因为作品本身不好，而是因为他们只接受能快速带来利润的东西。这部小说还反映了在收入甚微的情况下，作家在家庭日常生活中的无奈。奥列格·日丹-普希金的作品关注当代主题和社会问题。

赖莎·波罗维科娃是白俄罗斯最著名的诗人之一，她的作品以爱情为主题。此次收录她的小说《陨铁》，讲述的是关于爱情、背叛，以及当家庭生活出现裂痕时女性内心的艰难经历。已到中年的女主人公需要爱，希望得到关注，她的丈夫却爱上了一个女大学生。当得知丈夫背叛自己时，她的内心无比痛苦。但是女大学生的父母反对这桩婚姻，最终女孩回到自己父母身边，而丈夫也回归家庭。妻子是否会原谅他呢？在作品中，读者将得到答案。

诗歌部分选取了三位不同风格的诗人的作品。

维克多·施尼普在诗歌中能够非常巧妙地将纯粹描述性的瞬间（风景、回忆一个事件、正在发生的事等）与人的内心世界及喜怒哀愁等情感结合起来。他的诗歌思想内涵丰富，经常在轻松自如的抒情中将读者带入丰富的哲学世界。他将信仰和良知、现实和幻觉、希望和绝望以及对过去和未来的思考融为一体，深深地吸引着读者。他的诗歌中具有巴洛克的风格特点——情感高低起伏，自然和怪诞相映衬，英雄主义和悲剧色彩相结合……这些都源于他对古老城堡和反映历史人物的民谣的热爱。他的诗歌具有生命力，充满了精神力量，其突出的亮点是抒情的主人公总是努力看到世间的美丽。

雷戈尔·波罗杜林是一位难得的大师级诗人，他的每一个诗句都经过精心雕琢，给人的印象是笔法轻盈、造诣深厚。他像魔法师一样，完美地将文字、声音和色彩掌控在手并运用自如。他具有画家的天赋，在风景抒情诗中表现出了色彩斑斓的创作风格。他的诗有一种强烈的节奏感，在诗句的组织、音乐性、语义和声音的娴熟运用上都发挥得淋漓尽致，他的诗句常常让人想起汹涌的波浪，有时激昂澎湃、躁动不安，有时悦耳安静，还有些许活泼顽皮，充满戏剧性。总之，雷戈尔·波罗杜林是造诣深厚的声音大师，他的诗歌是如此丰富多彩。

列奥尼德·德兰卡-莫伊休科的诗歌创造性地延续了白俄罗斯诗歌的美学传统。对他来说，美是最高的理想，他的诗歌中渗透着和谐优雅的音韵，轻松地将读者带入美丽和谐的世界。他的诗被谱写成了四十多首歌曲，其中许多成为流行传唱的金曲。德兰卡-莫伊休科诗歌的特点是通过具体可感受的意象将理性和感性有机结合。他熟知世界艺术传统，通过审美探索和丰富的创作手法，加之艺术思维和崇高的文化内涵，将自己对生活的深刻感受传达给读者。

译文如有不当之处，敬请读者指正。

目　录

中短篇小说 / 001

逃向雨的尽头 / 003

另侧投影 / 016

理想的读者 / 022

已婚妇女诱惑指南 / 039

家乡的枯沼泽 / 048

阿列霞 / 058

蘑菇筐里的垃圾 / 078

冬神的眼睛 / 083

我想挣脱牢笼 / 091

祈　祷 / 095

最后的朋友 / 138

陨　铁 / 155

诗 歌 / 169

　　维克多·施尼普诗歌选 / 171

　　雷戈尔·波罗杜林诗歌选 / 184

　　列奥尼德·德兰卡 - 莫伊休科诗歌选 / 200

童 话 / 209

　　小松鼠写作文 / 211

　　季托夫卡家的来信 / 215

　　矢车菊是如何忘记委屈的 / 226

　　小兔子别里亚克如何救了黑熊托普特金 / 231

　　一年级学生斯维特兰卡的错误 / 238

　　谢尔盖和日热尔是如何挽救杜松的 / 251

　　白睡莲的星际之路 / 257

中短篇小说

逃向雨的尽头

阿列斯·巴达克* 张惠芹 译

"下雨了。"妻子望着窗外,若有所思地说。

这是他们沉默很久之后,妻子对他说的第一句话。

他抬起头,两眼惺忪地向电气火车的窗外望去……是的,天在下雨,打在窗户玻璃上的雨点形成断断续续的雨线滑落下来。他又把目光转向坐在对面的女儿:她静静地躲在角落里,把自己喜爱的芭比娃娃放在腿上,外面的一切似乎对她来说都无所谓。

他很害怕女儿这么安静,但又不想打扰她,因为他心想:说不定她正在回忆什么美好的事情呢。

---

* 巴达克·亚历山大(阿列斯)·尼古拉耶维奇,1966年2月28日出生在布列斯特州里亚霍维奇斯基区图尔基村,毕业于白俄罗斯国立大学语文系。曾在苏联军队任职,在白俄罗斯作家联盟宣传局工作,在白桦树杂志社、火焰杂志社、青春杂志社、涅曼杂志社工作,现任文艺出版社社长。用白俄罗斯语撰写诗集和散文集约20部,其中翻译成俄语的诗歌和散文集《逃向雨的尽头》于2014年出版,他的散文集还曾在塔吉克斯坦和阿塞拜疆出版。获得白俄罗斯共和国文学竞赛"金丘比特"一等奖(2009年)和"友谊之星"国际奖(2014年)。

"如果坐公交车，就能恰好在下雨前赶到！"妻子遗憾地说。

当然，乘坐电气火车是他的建议；否则，他们就得经过"那个"地方。这一点，他和妻子都很清楚。但是无论如何，她都不会沉默。妻子就是这样的人：如果她想像狼一样吼上一嗓子，那么整个世界都该跟着她难受！

他一直望着女儿，盯着她的额头，目光落在女儿左边眉毛上的红褐色、细细的疤痕上。

"卡佳，想吃什么吗？"妻子问道。

女儿摇摇头。

"安德烈，你呢？"

他跟卡佳一样，丝毫不差地摇摇头。

"随便吧！"妻子叹了口气，把汉堡重新放了回去。

过了半个小时，车到了一个被密密的、阴森的树林紧紧包围着的人烟稀少的小站，雨基本上停了。安德烈一只手拎着大的旅行包，另一只手伸给女儿。从火车站到岳母家所在的村子有一条直直的路，这条路穿过一条公路，然后顺着山坡，通向村子里的小路。

在穿过公路的时候，有几辆车在他们面前驶过，女儿的手紧紧地抓着他的手，他觉得好像一股电流从手上流到全身，然后一直流到心脏，心肌以前所未有的方式收缩了一下，然后加速跳动的心脏又恢复了往日的律动。

岳母就是妻子变老后的复制品，在他对妻子生气的时候，有时会像魔术师一样，用想象力把妻子变成岳母的样子。他们走进岳母家院子门口的时候，岳母正在整理院子；看到他们进来，她高兴地"哦"了一声，放下盛水的桶，就冲了上去。她拥抱并亲吻了她的女儿；她没有亲吻女婿，只是噘起干干的嘴唇在他的脸颊上碰一下，但是他连这个亲吻的动作也没有做。然后，她俯下身看她的外孙女，突然她的下巴抽搐着，颤抖起来。

"这是我的小外孙女啊！"

"妈妈！"妻子不满地说，"她不能激动，我跟你说过……"

"啊！啊！"老妇人突然像受到惊吓一样，急忙躲开外孙女。

妻子帮助妈妈收拾桌子，然后将他们随身带来的一瓶苦艾酒放在桌子上。

"卡佳，你吃饭吗？"妻子问道。

"不着急，我一会儿再吃，可以看一会儿电视吗？"

"看吧。"妻子叹了口气说，"你先吃块饼干吧。"

当女儿走出厨房，穿过正房的门时，岳母压低声音问："你们到底出什么事了？给我好好说说。"

他从椅子上站起来。

"你去哪里？"妻子问。

"去抽支烟。"

她从来不直说这发生的一切都是他的过错。她通常都是像在自言自语，但不管怎样都感觉是在说他。"假如我在家，不去妹妹那里，我无论如何不会放手让她去的。"

"你也会放她去的！"他不止一次地想大喊一声，"他们不仅是我的朋友，也是你的朋友。谁能想到，会发生这样的事情！"但他从未对妻子大声喊叫过，甚至没有试图为自己辩解过。他明白，在不幸发生之后，每当提到女儿的时候，她总是重复"假如……"之类的话，似乎说了这样的话就找到了心理上的安慰。假如他与她争持，那么就打破了他们之间的默契,到那时,她就有可能将所有的责任归咎于他。

说到底,如果他们说出来,大声喊出来,让一切都燃烧掉,心里或许会平静下来,这样可能会更好。而现在这样,痛苦没有释放,在痛苦中隐忍着——已经是第二周了,这似乎没有尽头;就像这到处都跟随着他们的雨一样,没有结束的时候,仿佛已经成为他们现在生活中不可或缺的一部分,恶劣的天气不结束,这种生活就没有尽头。

他很多次回想起那个可怕的日子,那一天在自己中学朋友阿里克·日达诺维奇新的深红色福特车里发生的事情原来是不可预见的。他们——阿里克、他的妻子玛丽娜和卡佳上了车,卡佳坐在前排座位上,在阿里克旁边。很快,他们就到了城外。

"遗憾的是你父亲没跟我们一起来,"阿里克说,"我让你看一个地方——这可是一个大秘密,在那里可以用手抓鱼。"

"爸爸不能去,他今天在电影制片厂有一个重要的会议。"卡佳对他说。

"小卡佳,周末甚至导演也都需要休息啊,"阿里克虽然不是很严肃,但是带着教训的口气说,"一般来说,对于一个真正的艺术家而言,有什么比接近大自然更重要的呢!?"

他冲卡佳挤挤眼,加快了速度。

一分钟过去了,两分钟过去了,突然,在一个注定不幸的地方,从迎面驶来的敞篷车后面冒出一辆白色的大众汽车并越过了隔离带。福特急剧地向右转,卡佳尖叫着,汽车飞似的冲下坡,翻了过去,侧面撞到树上……

天啊！他多少次仿佛非常清晰地看到，好像在那一刻他和他们在一起——他看到自己的女儿被阿里克挤在座位上；阿里克压在她身上，救了她的命。她睁大眼睛，看着阿里克血淋淋的太阳穴，喊不出来，甚至吓得无法张开嘴。她的手死死地攥住阿里克的背心，她看着，看着鲜血顺着他的太阳穴像红色的血带一样流出来。此刻，她听不到玛丽娜的喊叫声，也听不到救护车的鸣笛声……

安德烈把烟头扔到人行道上，白色的烟雾立即被雨淋灭了。

雨还在下，第二天，第三天，即使是停一下，也好像是在积蓄力量，天一直没有晴。

"在农村，下雨也和在城市里不一样。"他若有所思地说，"雨不是那种一成不变的，显得更有生机。"

"天啊！这雨还有停的时候吗？"妻子叹了口气。对她来说，下雨就是下雨，就是普通的能带来寒冷和泥泞的水。

他们在一起生活已经七年了，每天都是这样，平淡无奇。他是怎么忍受这一切的？他的希望在哪里？

"你想要什么？"阿里克在安德烈和斯维达结婚前就问过他，"你想让灰姑娘变成公主吗？你是浪漫主义者，你应该拍童话，而不是拍战争题材的电影。你想让世界上所有的女人都幸福，可是你不明白，经常是你用一生都不足以让一个女人变幸福的。应该做你力所能及的事情，选择一个起码不影响你使她幸福的女人。"

阿里克在安德烈结婚前已经对他善意地提醒过，但恰恰也是他此前助推了安德烈和斯维达的婚姻之事。一天早晨，他打电话给安德烈，用男低音对着话筒说：

"老伙计，我需要用用你的古董。"

古董——就是样子像一条奢华的、古老的项链——实际上是道具。他一直保存着,作为对自己拍摄的第一部大片的纪念。在这部大片里,他似乎把一切都串在了一起:既有当代的生活,也有战争情景,还有拿破仑从别列津纳撤退。电影的情节围绕拿破仑的珍宝展开,其中的一幕就出现了这条项链。

"有意思,你在哪里见过能够戴着公主的装饰品的女人?"

"你想象一下,在中央购物商场,当斯维达在我面前俯身看柜台,想选一条表链,我看到了这样漂亮的原型……"

阿里克是专业画家,他在所有漂亮妇女身上首先看到的是自己未来画作的原型。

"但愿你没有花很多时间去劝说她吧?"

"嗯,是指我和她谈了价格以后吧?但是她已经有未婚夫,而她未婚夫只允许当他在场的时候她才能做模特。"

安德烈到达画室的时间比约定的晚了一点儿,个子不高、头发乱蓬蓬的小伙子像老鹰一般扑向他,用自己的身体挡住像女王一样坐在椅子上的裸体姑娘。但他的目光从她晃眼的、白色的身体上滑过,瞬间停留在她的脸上。姑娘脸上天然的美又增加了女性永远的神秘感,这种神秘感无论是在这样的小姑娘身上还是在40岁的女人身上都一样。

阿里克从安德烈手中拿了项链,冲他挤挤眼,说道:"等吗?"同时把自己家的钥匙给了他。阿里克的家和画室都在这栋楼里。

安德烈在进阿里克家前,在附近的食品店买了两瓶香槟酒和一些橙子、香蕉,然后合计了一下,又请售货员加上一瓶伏特加……

"你到底想要什么呢？"过了两个月，安德烈说他和斯维达好像是认真的，然后阿里克问他。

"你在给她画像时，已经把她当成了女王。"安德烈若有所思地说。

"只有人本身是真实的，而不是他的影子，但艺术家通常画的是他的影子。"

"如果艺术反映的是现实生活中明明知道达不到的事情，那艺术的价值在哪里呢？"

因为有云，早晨显得潮湿和暗淡；云层很厚，似乎准备随时将雨水倾泻到地上。菜园里的草被脚踩到时，抖掉身上的雨珠，结果人就好像走在水上一样。安德烈在园子里摸了半天也没有给女儿采到一把像样的草莓——碰到的草莓要么是带点棕绿色不熟的，要么是烂掉的。

突然——他一惊，甚至因此退缩了一步：在绿色的草丛中有一只雏燕用惊恐的、黑色的小眼睛看着他。

"斯维达！"安德烈喊道并环顾四周，只有这个时候他才发现，他头上方有两只小燕子在不安地叫着、盘旋着。屋檐下的燕窝只剩下半圆形的、毛茸茸的小泥团，好像是几圈项链一样，紧紧贴在墙上。

"这是什么？"斯维达问道。

"你看。"他扒开树叶。

"小可怜。"妻子俯身看着小燕子，同情地说。

"可能不止它一只？燕子通常一窝生四到五只小燕子。"

他们开始寻找，但是没有找到其他燕子。

"大概它们被我们的猫吃了。"从妻子的声音中能够感受到惋惜。

"我们的？"他不合时宜且机械地问道。

"你问它吧！"妻子恶狠狠地说，"我去叫卡佳。"

"只是别和她说其他的燕子。"

这是车祸发生后，女儿第一次笑了起来。不，她甚至不是笑——只是她的嘴角在微笑，而不是她的眼睛在微笑！在她的眼睛里露出一种因为快乐而惊喜的表情，这表情是如此出乎意料和美好，并且看起来很真实。他们——成年人，也想用天真热情的眼睛看世界。

那只被吓坏了的、冻僵了的雏燕瞬间变成了一个普通玩具，但这只是瞬间，因为接着女儿就问："它住在这里吗？"

安德烈看着妻子，在回答之前，他停顿了较长时间。

"不，它们在窝里住。"

"它的窝在哪里？"

"在那里，在屋檐下，但掉在地上摔烂了。"

"摔烂了？那小燕子现在住在哪里？"

住！她的世界一切是多么简单！

"或者，把它移到空旷的地方？"妻子犹豫了一下，"也许燕子就在那里会喂它？"

安德烈摇了摇头："很难。你经常看到地上的燕子吗？猫会怎样呢？我们还没有走出花园，猫就已经闻到燕子的味道了。"

"那我们把小燕子带回家吧！"卡佳激动地大声说。

"我们怎么喂它呢？它还很小。"

"让我们试试吧！我们来试试吧！"

几分钟后，妻子带来了一只死了的苍蝇，把它塞进了小燕子的喙里，但小燕子似乎只是紧紧地咬着苍蝇。

"它不想认你当它的妈妈。"他笑着说。

"来,你亲自试试吧。只有你更像是一只老鹰而不像一只燕子。"

这是指他的鼻子。

他像是开玩笑一样,在雏燕面前摇了摇手,这时不可思议的事情发生了:小燕子张大了嘴,等待着,不是,是在要求喂它!

小燕子后来的命运就注定了。

小燕子的窝被蛋糕盒子替代了。不得不在岳母的抱怨声中拆开一个旧枕头,以便在盒子的底部铺上鸡毛。用一些旧布给小燕子盖上——尽管这个小窝里面没有那么冷,但小燕子的毛不知道什么原因总不干。他们把一只装有苍蝇的玩具盘子放在它面前,但小燕子似乎没有注意到。女儿争取到,只有她能在小燕子面前像翅膀一样地摇晃自己的小手。她甚至很高兴,能够负责这只黑色的、活的小毛球,小毛球也很容易上她的当,每次都大大地张开嘴。女儿又恢复了往日的活力,又兴奋起来,开始更经常地微笑了。

太阳已经很多天没有露面了,——好像有人诅咒了它一样。他们几乎捕尽了屋里所有的苍蝇,开始用浸泡后的面包喂小燕子。

一天晚上躺下睡觉时,卡佳说:"小燕子为什么总是湿的?"

他没有回答,但他的妻子说:"我不知道,明天我们尝试用吹风机给它吹一吹。"

然而,早晨发现,在夜里小燕子死了。卡佳还在睡觉。小燕子好像也在睡觉,但它的小脑袋歪向一侧,脖子突然变得很长。

"哦,上帝。"他说。他们为了不吵醒女儿,偷偷地从卧室来到厨房。

"我们怎么办?"妻子问。

他耸了耸肩。

"应该让她有个心理准备。"

"你想告诉她真相吗?你知道这对她来说是多么大的打击——在她经历了前面的事情之后?!"

"那该怎么跟她说呢?"

"我不知道……要不,我们就说小燕子飞走了。"

"听我说,她已经不是那么天真了。"

"那我们还担心什么,就当它没有死,我们把它扔到别的窝里了。"

"事先什么也没有跟她说,也没有带着她一起去扔。"

妻子又开始焦虑起来,好像他故意找碴儿惹她生气。

"好吧,你自己想办法吧!"妻子恼火地甩出一句话。

"我觉得,我们必须说实话。"

"什么?"

"如果我们告诉她真相,那会更好。"

"更好?如果她又封闭起自己,整天都沉默,会更好吗?这就是所谓的听了医生的话,把女儿带到农村来!我看她最好还是待在城里!"

"好吧,你为什么这样……"

他尽量轻声说话,担心发生争吵,甚至笑了笑,但他恰好不应该这样做。

"你觉得可笑!而你总是很平静!当然!好吧,你只考虑自己:只要她不埋怨你,只要……"

"别说了!"

"什么?别说了?可你只能在周末见到她。"

"我要上班。"

"当然,你要上班,而女儿只有我管。你回来了,逗一逗她,——你是最好的,也是最可爱的人。这个行吗?行;那个行吗?行;什么都行。想和别人去河边玩?请吧,去吧,闺女!你为什么放她走?你为什么不和她一起去?"

他觉得内心十分压抑,压抑的情绪像弹簧一样在他身体里随时准备弹出来,最终本来应该爆发——现在他比以往任何时候都更清楚这一点。灾祸没有使他们更亲近,灾祸就像X射线一样,透视了他们的心灵,——他们似乎和以前一样彼此之间很疏远,彼此之间不能完全理解。他曾经想要什么呢?他想:从这个比他小十岁的乡村女孩那里得到了什么呢?做导演的妻子,一开始还有诱惑力,原来这对她来说太复杂了、太陌生了,最终并不像她想象的那样令人羡慕。但是,难道他错了吗?他庄严地把她带进的这个世界里,对于许多人来说是神秘的,是无法达到的,因为这里有男演员,有女演员,还有艺术家。这个世界不仅有欢快的节日,还有许多单调乏味、寂寞和永远缺钱的灰暗的日子。这难道是他的错吗?

门突然打开了,女儿赤着脚,穿着长长的一直到脚后跟的大花睡衣,小心翼翼地走进厨房。在她张开的紧紧贴在胸前的手掌上,躺着头向旁边歪着的小燕子。

"它死了。"女儿平静地说。

一只幸存的苍蝇在窗户玻璃上使劲撞,整个安静的厨房都是它单调的嗡嗡声。

"该把它埋了。"女儿说。那一刻她在父母面前似乎完全是一个成人，与她相比，他们觉得自己倒像个天真迷茫的孩子。

"我们肯定会埋了它。"好像是他的妻子说。

好在早上没有下雨。十点来钟，他们拿上一把铲子去了菜园。岳母在除菜畦的草，她看到了他们，直起身来，但什么都没说：也许是因为她离他们有点远，也许她已经猜到了一切。女儿自己在边上选择了一个地方作为墓地，但她让父亲去挖。当她把小燕子放到用从盒子里拿来的羽毛垫着的坑里时，虽然她的眼睛里充满了悲伤，但她保持着惊人的平静。

"你想不想让我们给你买一只鹦鹉？"妻子问。

"不。"女儿用微弱的声音回答。

"为什么？"

"如果我们去某个地方的时候，剩下它一个，它也可能会死。"

次日，天终于开始放晴。快到吃午饭的时候，西边的天空已经晴朗了；仿佛有一个看不见的人在森林那边把乌云拉过去，就像撕裂灰色的粗布一样，太阳的光线立即透过这些窟窿照射出来。

岳母拉着邻居家男孩的手走过来。

"你怎么这样，总问卡佳什么时候来，她来了，你却不好意思过来了。"

男孩叫安东，五岁，比女儿小一岁。他们在一年前认识，但那次正好是卡佳离开这里去明斯克之前。

"走，我给你看看埋我们的小燕子的地方吧。"女儿建议道。

安东什么也没有回答，只是乖乖地一拐一拐地跟着她。

安德烈拿出一支烟,站在院子里,朝着边上望去,直到抽完烟。孩子们蹲在小燕子的坟墓旁,卡佳热情地,但是看起来非常认真地讲着什么,一会儿摊开双手,一会儿抬起双手。安东静静地听着,双手放在膝盖上。在他们认识的第一天,他就立即把她当作"领导",并准备为她做任何她想做的事。

香烟蒂落入一个水坑里,水中的涟漪在灿烂的阳光照射下,像一群被惊扰的金色水鼋,瞬间散开。

天啊,他多长时间没有见到阳光了⋯⋯

另侧投影

阿列斯·巴达克 韩小也 译

我的叔叔尤季克是个疯子。人们往往都不愿谈起和这种人沾亲。虽然，全世界的疯子都能组成一个国家了。谁知道呢，也许这是一个普遍和谐的最好例子（让他们都在一个国家），人类对这种和谐向往已久，可暂时还是一无所成。

应该说，有一阵子，叔叔曾经恢复了神志，不知不觉间他又有了心智，这让我们所有和他住在一起的人都颇感意外，就像雷雨过后泄气的乌云又获降甘霖。这种情况的发生，一般是在我们沿着斯维斯洛奇河岸散步之时，我们就住在离此不远的扬卡·库帕拉大街上，叔叔经常讲起一些近亲和远亲的事，包括还活着的和已经死了的。虽然有些故事太耸人听闻，不能让人马上相信，但听他讲这些故事时，我会不止一次对自己说："有时上帝很公平，给人智慧的同时，作为交换，会拿走他的理性。"

尽管我的叔叔去世已经十九年了，有一个故事我至今还不能忘记。一直到死，他也没有找到自己的家，那个在最后一次战争中被德国飞机炸毁的家。他几乎每天都去斯维斯洛奇河边寻找，不是和我，就是和别人。

尤季克叔叔，除了我的父亲，还有另一个亲兄弟瓦西尔，是奥帕纳斯·马图塞维奇和马丽娅·扎果尔斯卡娅的长子。瓦西尔·马图塞维奇出生于1908年，这很好记，一辈子也忘不了，因为正是那一年，六层的欧洲酒店安装了明斯克第一部电梯，而我的祖父与这件满城皆知的事情相关甚切。就连今天我本人，在某种程度上，也还负责首都的电梯系统。这对于了解明斯克电梯工程的历史大有裨益。

总的来说，在我们的家族中，除了瓦西尔叔叔，所有男人都和技术或建筑打过交道。他过早地成年后就开始写诗。在那个时代，明斯克飘摇在一场又一场的旋涡中，他变得少年老成。引起这些变革的，首先是第一次世界大战，再就是俄国革命。市民们刚刚开始习惯布尔什维克的口号，这些口号在他们的脸上和在红色标语上一样容易读懂。可是，就在宣布明斯克的一切权力归工兵代表城市苏维埃后，不到四个月，1918年2月18日至19日的夜里，布尔什维克被迫放弃这座城市，两天后德国人就进来了。而后，德国向协约国投降，撤出其占领土地。1918年12月，布尔什维克又回到明斯克，次年8月8日再次放弃它，这次是把明斯克留给了波兰人。然而，一个月之后，波兰人将城市还给了布尔什维克，但1920年9月15日，他们又出现在这里整整一个星期。市民彻底蒙了，在这样的军事和政治混乱中，发疯比保持清醒的头脑更容易。最终，让某些人感觉不正常的是其他的东西（尽管事实上正好相反，说明国家开始复苏了）。20世纪20年代初，在明斯克自诩为诗人的人是如此之多，能让那个最近刚刚在绝望之中写下"白俄罗斯什么人都没有了"、发现天才就喜极而泣的性情中人库帕拉,完全没有时间擦干幸福的泪水。不错,绝大多数诗人都是来自外省的乡村和小镇。他们是如此之多,给人的印象是,唯一能妨碍白俄罗斯人成为一个全民写作民族的,就是大城市的居民白俄罗斯语掌握得不好。至少,对于瓦西尔·马图塞维奇而言,这种情况加上天生的谦虚确实封闭了他通往报纸和杂志的道路。有一次,在一个编辑部听到对他的诗歌相当严厉的批评后,他甚至不再把诗行诸纸上,而只在头脑中时常闪现一些零散的、不成形的诗句,这些诗句快速出现又快速消失,速度比大风天的天空变化更快,而且诗的含义也经常改变,让人感觉他的诗似乎毫无意义。用诗的意象创造出的想象中的世界和他头脑中的现实世界是混淆的,让人常常搞不懂,他说话时的思想到底是来自哪个世界:

"今天,我看到一个人长着两个舌头。他用一个舌头去舔被他和同伴们所焚毁的教堂的余火,用另一个安慰着他的母亲。"

瓦西尔不知道,应该时不时地摆脱押韵的意象,把它们交给纸张,否则头脑中的意象就会太多,不再是你控制它们,而是它们控制了你。事实也正是如此。

"他已经二十三岁了,可他对女人根本不感兴趣。"父亲抱怨道。他知道,开启一个人心门的钥匙在桌子里比在舌尖上更容易找到,有一次他打开了儿子的桌子抽屉,除了剪报夹子和上面的库帕拉肖像画,什么都没找到,都是诗人的诗作与文章、诗人的采访和一些简短的关于他何时何地讲话的报道。在一堆剪报下放着一个笔记本,第一页上记着:

30年4月26日

我一直不让自己记日记,但那天,当我在其他人的帮助下挽救了他的家庭财物免受洪水袭击后,他说的话压在我心底,几乎就像一个怀孕的女人一样。他说:"谢谢你,亲爱的!"我激动得不行,用干涩的嘴唇低声说:"我非常爱你。"他抱着我重复道:"谢谢,亲爱的,谢谢你!"

那些年的春季,明斯克的斯维斯洛奇河喜欢向市民们显示它的倔脾气,淹没了许多房屋,包括库帕拉在十月大街的房子。愿意帮助诗人临时撤离(哪怕这种情况下,大多时候,财产只是转移到阁楼上)的人真的总是很多,特别是年轻诗人。

父亲没有对瓦西尔说过有关在桌子抽屉里找到文件夹和日记的事,但所有与儿子谈论他个人生活的尝试都没有任何结果。瓦西尔变得更加自闭,只是对尤季克曾承认:

"有时我感觉,我有两颗心,一颗在现实中,另一颗在梦里。而且我不知道哪颗心是真实的,真实的我在哪里。我只知道梦中的我完全不同,甚至是外表,尽管我从未在梦中见过自己。但如果我能带一面镜子做梦……"

不久之后,他就在市场上买了一面大镜子并挂在床边的墙上,这面镜子曾记得不止一代主人的脸,却怎么也没能把他带入梦境。

1930年11月20日,一个可怕的消息传遍了明斯克:库帕拉想要自杀并用一把折叠小刀割伤了自己。惊恐万分的瓦西尔整个晚上都没有从床上起来。他在哭。夜里,他梦见了斯维斯洛奇河发了洪水。他喘着粗气跑到库帕拉进水的家。奇怪的是，库帕拉一个人在家，他的妻子弗拉迪阿姨竟然也不在，他对河流发水的事完全无动于衷。用左手按着他的肚子，掩盖着伤口，好像他不想让任何人看到。"洪水！"瓦西尔在睡梦和现实中大喊，吵醒了尤季克。"伊万·多米尼科维奇，洪水将淹没你的房子！得往外搬东西了！""好吧，好吧。"库帕拉平静地说，"你愿意搬就搬吧。"

他伸出一只空着的手，拿起一个靠墙边的东西递给了瓦西尔。瓦西尔用双手抓住了这个物体，直到那时他才意识到库帕拉递给他的是什么：这是一面镜子，他在镜子里看到了自己……

那天夜里，瓦西尔死了，最终也没有从睡梦中解脱出来。

我感觉，要我的叔叔提供这个连我自己都不太相信的故事真实性的证据，起码，不太好，考虑到他的状态。因此，我非常不确定地说：

"这简直令人难以置信，并不是每个人都相信这样的事。"

叔叔沉默了很久，然后他说：

"在把棺材放进屋里之前，我妈妈用一块黑色围巾把镜子盖上了。到了晚上，我忍不住将围巾的边缘掀起来。我在镜子里看到了活着的瓦西尔。只是他的脸有点不像自己。如果我们有一个妹妹，我会认为是她从镜子里看着我的。但让我震惊和害怕的是——镜子里的瓦西尔很快乐！他没有微笑，但他浑身充满了喜悦。我就跑开了，直到他们摘掉围巾，我再也没有靠近过镜子。"

叔叔再次沉默，然后说道：

"有一次，我也梦见我在镜子里。我觉得，我以后永远就留在那里了。于是，我就这样活着——在梦中，也在镜子里。"

我知道这是何时发生的事。1953年3月5日，在斯大林去世的那天，我的叔叔也哭了。第二天去了莫斯科，并没有怀疑每一个去特鲁勃纳亚广场的人离开广场后已经变了一个人。在葬礼那天，他陷入了数百人死亡的喧嚣中。由于悲伤和好奇而变得疯狂的人群带他穿过尘世的炼狱，一周后他回到家时，他的眼里闪耀着温柔，仿佛天堂的奥秘完全在他面前敞开。

应该说，即使在今天，我也不是特别相信那些和镜子相关的故事，现在它还挂在我卧室的墙上。镜子已经逾越了它生命周期的界限，镜框上的每一条新的裂缝只会增添它的美。然而，当我上床睡觉时，我只要一想，在梦中可以见到我想见的任何人，而不是我自己，我就会怦然心动。也许是因为我现在的境遇是如此艰难吧，于是感觉泪水忍不住就要夺眶而出了……

理想的读者

阿列斯·巴达克 韩小也 译

老师不能梦想有一个理想的学生,因为理想的学生总是会比老师更优秀,这就让老师在内心深处会感觉自己不完美。同样,外科医生也不能梦想有一个理想的患者,因为众所周知,理想的患者就是一个无法治愈的病人,哪个外科医生愿意承认他的医术无能呢?

然而,世界上有足够多的职业,其从业者可以梦想他们才华的消费者是理想的。

我还记得阿什哈巴德土库曼大饭店的一个厨师。我在参加国际书展的时候,曾有机会在这个饭店住了整整一星期。我很喜欢那里晚餐的手抓饭,于是对那个叫阿塔穆拉德的厨师说,希望我的妻子也能了解这种美味,问他能不能告诉我手抓饭的配方。

但是,阿塔穆拉德摇了摇头说:

"这是阿古尔扎利手抓饭。要掌握其烹饪的全部秘密,必须是五代以内的土库曼人。为了感受其真正的味道,必须是土生土长的松巴尔河流入阿特拉克河那个地方的人。"

"为什么一定是那里呢?"我问。

"因为阿古尔扎利手抓饭里边加的番红花和粗子芹,就是从那里给我运过来的。因为那里有吃当地新鲜牧草生长的羊,阿古尔扎利手抓饭用的就是这样的羊肉。因为我就出生在那儿。每当做阿古尔扎利手抓饭时,我都会满怀温柔和爱意地去回忆我的家乡,而这种温柔和爱意会赋予这道菜特殊的风味,只有那些像我一样曾经生长在那里的人,在松巴尔河流入阿特拉克河那个地方的人,才能感受到这种味道。"

阿塔穆拉德梦想着能有一个理想的访客来到土库曼大饭店,能够在他的菜肴中感受到爱与温柔的滋味,而我则梦想着我理想的读者。

我喜欢这样写书,每写几页,就走出家门,去城市的公园和花园、大小街道、商店和咖啡店走走,坐坐公共汽车和地铁,去观察人,试图根据人们的面容认出——首先是,我这本书为谁而写,谁能准确无误地体会到哪些页面让我受的煎熬最多,以及在哪些地方我曾停下来在城市中漫步。

理想的读者只认可原文,而不是译文,译文会极大地缩小我寻找的空间,也就是说,增大了找寻到他的机会。同时,今天能让理想读者出现的这一空间已经太小了,而且每年都在缩小。

是的,我写作所使用的是很少有人用它去阅读诗歌和散文的语言。

我知道阿塔穆拉德对此会这样说:"你看到手里拿着热狗的人越多,我就越想做美味的手抓饭。"

有一次,我和阿塔穆拉德在诗人卡拉贾奥兰纪念碑附近的长椅上坐着时,我问他是否认为他确实没有那么多机会,能在餐厅见到曾经生长在松巴尔河流入阿特拉克河那个地方的人,因为土库曼大饭店的绝大多数客人是来自其他国家的游客。阿塔穆拉德回答我说:

"等待的人有四双眼睛,他同时眼观这个世界的四个方向。而停止等待的人一双眼睛也没有。我很少与餐厅的顾客交谈,所以我也不确定他们当中是否有曾经生长在阿特拉克山谷的人。也许昨天就曾来过,但他太饿了,心情又不好。那些饥饿的人,和那些没有心情的人一样,即使坐下来吃饭,也无法品尝到食物真正的味道。也许他现在正坐在餐厅里,也许他明天就会到来。因此,我做手抓饭既是为过去、将来,也是为今天而做。期待可以帮助我保持良好的状态。我担心会失去这份职业,不是因为我除此之外别无擅长,而是因为那样我就将无法再去期待。"

阿塔穆拉德沉默了,仿佛在复原着自己某一个生活片段的最微小的细节,然后他回忆起了自己是如何遇见一个杰出人物的,用他的话来说,他遇见了白俄罗斯钢琴家瓦连金,这位钢琴家最终也没有等来在大型舞台上的功成名就。他是和哥哥安德烈一起来到阿什哈巴德的,哥哥在苏联解体前曾在这里做过军官,并有一个女儿玛丽娜与土库曼人结婚后就留在了这里。阿塔穆拉德和玛丽娜的住宅只有一墙之隔,声音穿过这面墙就像阳光穿透树木的叶子一样。因此,七十岁的瓦齐加在周末给玛丽娜女儿上的钢琴课(人们说她会把一个戈比放在一个空的钱包里,然后能从里面拿出一个卢布),对阿塔穆拉德的儿子来说就是免费的馈赠。

阿塔穆拉德本人尽管热爱音乐,甚至不会错过歌剧院的任何一次首演,但对记谱法敬而远之,因为他认为,一个人只能从事一项职业。这就是他一直都在思考的职业，甚至做梦也会思考，就像不可能同时在一个大锅中既做烤野生水禽又做手抓饭一样，因此也无法同时去思考不同的工作。

一天晚上，阿塔穆拉德听到有人开始在隔壁弹钢琴。这不是邻家的女儿，也不是七十岁的瓦齐加，演奏得不仅专业，而且极为精湛。并且，演奏的是拉威尔的《D大调左手钢琴协奏曲》。这尤其引起了阿塔穆拉德的兴趣，因为对于一个有两只手和十个手指的人来说，演奏为一只手而写的音乐，就像拥有健康双腿的人却拄着拐杖走路，这是不祥的预兆。

阿塔穆拉德从椅子上站起来，一分钟后已经站在瓦连金的面前了。当他们认识的时候，阿塔穆拉德没有开口说话，只是看着他的眼睛，但通过握手表明，瓦连金的右手少了个无名指。

作为一个有真正职业的人，即使在谈论其他事物时，他也会思考自己的职业，瓦连金听什么都是音乐，用音乐家的眼光观察一切。在回明斯克前的最后一天，他烤了一个大海绵蛋糕，并让玛丽娜邀请阿塔穆拉德过来话别。蛋糕看起来像是螺旋状排列的钢琴键，52个键是白色的，而36个键是红色的。在最后一个键——第五个八度的"哆"的上面，立着一个巧克力高音谱号。瓦连金说每个键的口味都不同，就像每个键实际上都有自己的声音一样。要感觉到蛋糕真正的味道，需要用勺子按照单手弹奏某种旋律时的按键顺序将它们依次舀起来。不同的旋律会赋予蛋糕不同的风味。

当瓦连金给在场的人讲述的时候，餐桌旁一片沉默。

除了瓦连金和玛丽娜的女儿，没有人了解谱法，所以在场的每个人都不敢拿起勺子去舀这个共享的蛋糕。

这时，玛丽娜从桌子旁站起身来，她用小刀把无声的按键都切了下来。

阿塔穆拉德看到瓦连金的右手颤抖了一下。

"我建议……"玛丽娜大声说。可还没等她说完，她的女儿就从桌子旁站起身来，冲到门前。于是，玛丽娜也沉默了下来。

"怎么回事？"玛丽娜在她身后大喊道，"瓦连金叔叔在开玩笑呢！哪来的什么音符，什么旋律啊？！"

我问阿塔穆拉德，他是否知道瓦连金现在在哪里，在做什么。

"很遗憾，我不确定他是否生活得幸福，所以也就无须去向玛丽娜打听他的情况。"阿塔穆拉德说，"当一切都安好时，人们自己就会谈起自己的亲戚，而当一切都相反时，他们总是试图绕开这个话题。瓦连金自称为音乐家，过去比现在更辉煌，所以我虽然不知道他现在在哪里工作和做什么工作，但如果问我，来自白俄罗斯的瓦连金是一个怎样的人，我会毫不犹豫地回答：首先，是一位出色的钢琴家，其他的都不重要了。"

我看了看阿塔穆拉德的手，像一个二十岁男孩。

"也许他成了一个好厨师？"

"他的蛋糕里有太多音乐，"阿塔穆拉德笑着摇了摇头，"这就像在阿古尔扎利手抓饭里加入过多的辣椒一样。"

绝大多数作家梦寐以求的都是大众读者，而只有少数作家希望拥有一个理想的读者，他们非常清楚，理想的（即天才的）读者并不比天才的作家多。遗憾的是，找到一

个人常常比找到成千上万的人更困难。那个1925年读过库帕拉这些诗句的人,是否就是他理想的读者:

> 整个世界都是我的家乡,
> 我转身离开了家园的土地……
> 但不是所有的苦难都已过去,
> 我的白俄罗斯,我的梦呓。

他是否预感到(就像诗人自己在写下这些诗句时)等待诗人的会是早逝的命运?

理想的阅读像真爱,有了它,目光就会随着词汇飞奔,在一个整体上奔跑,就像在深入篇章以获取最大限度的享受之前,他会从如何构造句子并将篇章分为几个段落的感觉之中获得享受。

由此不难猜测,理想的阅读就像爱一样,它可能不会在眼前乍现,不是从初次接触篇章起就出现,而理想的读者可能对他喜爱的作者会逐步降温,并爱上其他东西。

最后一点,这也是非常重要的,为了拥有自己理想的读者,不一定必须成为天才作家,因为每一位具体的作者对创作的忠诚,有时就像爱情一样难以理解和无法预测。没错,我们必须承认,很多人在拿起一本新书的时候,首先注意的是光鲜的封面,而不是很快就被他们遗忘的作者的名字,因为对他们而言,阅读就是能打发掉闲暇时间,就像花掉增加钱包负担的零钱,因此他们会去买些根本不需要的东西。所以,有些放纵自己的年轻人首先注意的是少女的身材,而只需要一夜的女孩的名字,很快就被他们忘记了。

通常，我在城市散步时，会反复筛选头脑中的词语，就像挑选马赛克画用的鹅卵石一样：我将它们挑出来并放入句子中，以便以后将它们放入主人公的嘴里。有时词汇会出现冗余，也有时正好相反，会很匮乏。但无论是第一种情况还是第二种情况，并非每次都可以成功地组成句子，还能让这些句子之后不会变成单个的词语——那些平淡无奇的句子就是这样产生的。

有一次，就是在去过阿什哈巴德三年后一次散步的时候，我感到我头脑中发出声音的不是词语，而是音乐，而主人公说的句子都变成了音符。我想起了那个旋律：那是拉威尔《D大调左手钢琴协奏曲》的旋律，那是他几年前写的，还是在他不再能辨识自己的音乐之前。我有保罗·维特根斯坦和皇家音乐厅乐团演奏的这场音乐会的录音。但是在当时，我头脑中只有三角钢琴的声音。于是，我猜想弹奏钢琴的就是我从未见过的瓦连金。

这时，我才意识到在过去的三年中，我不仅没有忘记瓦连金，而且还下意识地想见到他。为什么直到现在我才意识到这一点？可能因为我对去了阿什哈巴德之后的所有岁月的思考都和阿塔穆拉德是一样的：杀死一个人的梦想，就不可能不深入他的内心。这样，就可以猜想到瓦连金害怕的是什么了。

奥地利钢琴家保罗·维特根斯坦的名字在音乐史上广为人知。忌妒他的人们说他的手指充满了能量，以至于弹钢琴时他的手指都没有触碰到琴键，这是他演奏技巧的奥秘，但这没有魔鬼的帮助是做不到的。作为论据，他们列举了这样一个事实，即维特根斯坦在第一次世界大战中失去了一只手，他用左手演奏的状态要好于用两只手，而如您所知，左手被认为是不洁净的，左手所做的事情都是在魔鬼的帮助下完成的。

维特根斯坦无疑是历史上最优秀的独臂钢琴家，但不是第一个，因为匈牙利伯爵盖扎·济奇于1863年狩猎时失去了右手，但并没有失去成为著名钢琴家的愿望，花了近五年的时间学习弗朗茨·李斯特的课程，之后与他合作演出了两场，将李斯特的《拉科奇进行曲》进行了改编以适合三只手演奏。李斯特从他的学生那里体会到的最主要的一点就是，不应该只听钢琴的琴声，而应该倾听一个人的心灵之音，或者可以说，发出声音的不是钢琴，而是钢琴家的心灵。的确，正如李斯特的同时代人所证明的那样，当舞台上只有两架三角钢琴时，他和济奇坐在钢琴后，听起来就像是整个乐队在演奏。

但是，维特根斯坦所能弹奏的，济奇却不会，这也使得这个匈牙利人无法成为世界上最好的独臂钢琴家。当他开始演奏时，观众总是惊讶于他用一只手熟练地演奏。而当维特根斯坦开始演奏时，观众就变成了听众，忘记了他只有一只手。

有一次，我一边在城市里漫步一边思考，无意识地一开始是把目光投向路人的双手，然后是他们的脸，可能这一切连瓦连金都知道，并且担心在我们务实而愤世嫉俗的时代，谈论他的演奏之前总会先谈论他那残废的手，对他的同情永远会超越钦佩。

但是，为什么在让我们的生活发生了诸多变化的这些年中，他没有去经商呢？在当今这个崇尚赚钱技能的世界，他也可以成为很多人，那样就意味着与他见面的可能性如同现在落在城市路灯上的一只麻雀在飞翔中能啄到一滴雨一样渺茫了。这可能会瞬间就发生，也可能永远都不会发生。

总的来说，我继续往下想，跨过我屋门的门槛，打开雨伞让它干得更快。而总的来说，那个从未谋面、从未听过他弹琴的瓦连金和我又有什么关系，谁知道我是否会喜欢他的演奏，包括他本人。

我走到书柜前，看了一眼米洛拉德·帕维奇的书，摆成一排的四本书。曾几何时，一位熟识的女记者很赞赏地和我讲起过他，她在一家政府报社主持新书微评专栏，而且应该说，她的工作做得得心应手，但这也不意味着我就必须同意她对每一本新书所作出的评价。因此，当从她的嘴里听到对帕维奇的赞美之词时，我并没有火速赶到最近的书店，而只是意味深长地笑了笑。当然，我在她讲述之前就曾听过这个名字，我知道帕维奇被认为是新文学中主要的神话创作者之一，并且他为此开辟出了一个新的方向：非线性散文。但是，我对各种后现代主义的事物保持着警惕，并且非常了解广告的力量，因此，我带着意味深长的微笑建议我的朋友说：

"你说出一句他作品中说过的话。"

她微微闭上眼睛，好像不希望在她说出这句话之前我就已经读过了似的。过了几秒，她说：

"时间，就像薄荷一样，只要播种，它就会发芽。"

当天我就买了四本帕维奇的书，但没有打开它们，将它们放在书柜里排成一排，喃喃自语："时间，就像薄荷一样，只要播种，它就会发芽。"要阅读一本好书，就需要根据自己的心态选择合适的时机，我意识到对我而言这一刻还没有到来。然而，和熟识的文学工作者一样，我开始自信地说:"帕维奇无疑是二十一世纪最杰出的散文作家之一。"并时常回想起从那位政府报社专栏作家嘴里听到的那句话。这句话经常在我的记忆中栩栩如生,而且给我感觉每次都不一样,因此每一个新的情节都可以从这句话开始。我以为我会逐渐成为米洛拉德·帕维奇理想的读者,尽管我还没有读过他任何一本书。我一直拒绝自己的这个享受,想让自己对他如饥似渴,直到有一天我意识到自己已经不敢触碰他了,因为我怕对他感到失望,因为我想象中的帕维奇实际上可能完全不同,不是我需要的,即使他有三倍的才华又如何。

我很害怕对瓦连金感到失望,是不是也是如此呢?

有一天,七月的一个闷热的夜晚过后,感觉枕头都能烧伤我的脸颊,我的手机把我吵醒了。

"你好!你现在方便说话吗?"

说话?我感觉一分钟前我终于刚刚睡着了,所以,现在想说什么,等我回答的人最好不知道。但要是说话,尤其是要和女人说话,在大多数情况下,得看她想从你那里听什么。

"你在单位吗?"

休假的第一天,我在单位干个鬼?

"哎呀,对不起!我想邀请您参加今天的正午直播。"

明白了。参加电台直播一般都提前约好,哪怕是提前几天。说明是有人答应了,但去不了。我本人在广播电台工作了十四年,知道该节目的制作人在这种情况下的感觉,所以立即问清楚我需要什么时间出发。提前一个半小时,以免迟到。但是,实际上,我提前两个小时就出来了。在地铁雅库布·科拉斯广场站,我下了车并出了站,沿着独立大街走到了广播电台。我需要调整好自己去进行直播对话。

我迎着阳光的暖流沿着大街走着，时不时瞥一眼我不认识的人们，将他们保留在我记忆中一分钟，然后将他们想象成我的听众。我在想，我应该和他们说些什么。

许多年前，还是我在白俄罗斯国立大学语言系学习的时候，我的朋友和同学米洛斯拉夫指导我如何参加文学考试：如果赶上了不走运的题签，那你就努力转到自己熟悉的话题并吸引老师进行对话。

在俄罗斯古典文学考试中，我抽到的是陀思妥耶夫斯基。并不是说我对他的创作知之甚少，只是他是我的考官最喜欢的作家。而且对于自己喜欢的人，他们经常会表现出忌妒心理，在这种情况下，这可能会影响我的分数，因为很难取悦忌妒的人。因此，我没有冒险，一开始对费奥多尔·米哈伊洛维奇（陀思妥耶夫斯基）的小说表达了钦佩，同时强调我们对他的态度主要是精神上的，而不是审美的性质。总的来说，当我决定是时候开始远离陀思妥耶夫斯基时，我继续说，阅读文学作品让我们最大限度丰富自己，不是通过知识，而是通过信仰。艺术语言中的灵性是最强大的，因此它首先使我们充满信念，而不是知识。与科学，也包括文学不同，信仰将不同尺度的量值汇集在一起，在科学无法展现的层面上显示它们的差异。因此，从精神感知的角度来看，为了展示二者的差别，我们可以说：普希金是为所有人，而莱蒙托夫是为每个人。

讲完这些话后，一直盯着我的题签看的老师，仿佛正在把我所讲述的内容和题签上写的题目进行着比对，他猛地抬起头，我们四目相对，在他说给我打"优秀"之前的很短暂的时间里,我在他的眼中已经读出了他的这个决定。

后来,我在各种不同场合(例如现在)反复使用过朋友米洛斯拉夫给我的建议。我不知道广播听众会问我什么问题,但是我确定我肯定会给他们讲瓦连金的故事。

在广播开始前四十分钟,我上了广播电台的二楼。心情很轻松,感觉心脏就像气球一样轻盈。我知道为什么,因为认识瓦连金的人有可能会对这个节目给出回应。也许是(虽然不太可能)他本人。

我停在门口,门上面有个小牌子写着"文学和音乐项目负责人塔奇娅娜·雅库舍维奇"。她办公室靠右侧的墙边有一架白俄罗斯牌钢琴。在我们还不知道任何计算机或互联网的时候,这架钢琴就已经在这里了,作曲家来电台时不是带着光盘或优盘,而是带着乐谱,然后就坐在这架钢琴旁,向音乐编辑展示他们的新歌。盖子是打开的,我感觉,空气中似乎还可以捕捉到刚刚演奏完的旋律的余音。

"请你告诉我,"我问塔奇娅娜,同时我仔细看着钢琴的琴键,"是否可以把蛋糕烤成琴键的形状呢?"

塔奇娅娜惊讶地,我感觉,也是警惕地看着我。我认为她是担心我会因为在度假期间被强拉到广播电台来而感到不满,因此我会在直播时乱说,于是我就向她讲述着关于瓦连金的故事。她听着,但很显然,同时在思考着自己的事情。她的眼睛没有直视我。我感觉,她认为整个故事都是我在来电台的路上臆想出来的。如果是这样,我就不会在直播中讲瓦连金的故事了。

最终,我们的目光终于相遇了,于是塔奇娅娜说:

"你知道吧,瓦连金是我的兄弟。"

我坐在一个四米乘六米的小房间里,每个东西都充满着音乐。当钢琴静默无语时,音乐并没有永远消失,就像任何东西都不会永远消失一样,它只是变成了耳朵所捕捉不到的另一种状态。一触碰桌子,触碰桌子上的活页乐谱,感官就会感觉到音乐的存在。它并没有永远消失,随着一年一年地流逝,它在这里积累得越来越多,于是现在房间中的所有声音都像音乐一样。

我坐在窗子对面的皮革圈椅上,瓦连金的脸忽明忽暗,他时而转向我,时而低垂向钢琴,左手轻轻地划过琴键,像是在抚摸。这是德国奥古斯特·福斯特公司所谓的工作室三角钢琴,以其产品的声音纯正而闻名。我不需要向瓦连金讲述我们见面的整个背景。塔奇娅娜几天前已经替我讲过了。当然,我不知道她的讲述有多少与事实相符,不同人说同样的话有时也会传达不同的信息。

"有些人的自信会为他们开启一个新的高度,有些人的自信则会把他们带进死胡同。我感觉,我及时发现了这条前路上的死胡同,以便还可以转向另一条路。"瓦连金向立在钢琴旁边的高脚卡西欧合成器点了点头。"我成了一个编曲,买面包的钱是足够了。但问题不在这……"他把右手从琴键上抬起,立即又放到琴键上,琴键发出了一个哀怨的"啦"的音调。"只是我天生就不是一个杰出的钢琴家。"

"你本可以成为白俄罗斯最好的钢琴家,却成了最好的编曲。"塔奇娅娜给我拿来一杯咖啡,将其放在圈椅旁边的黑色玻璃桌上,然后她离开了房间,可能是怕打扰我们。

"阿塔穆拉德是一位优秀的聆听者,先天就拥有出色的听力!多亏了邻居瓦齐加,他才很好地掌握了音乐理论,同时也没有放弃用心去聆听,而不是用智慧。但是,我的演奏有一个秘诀,他不知道。"

瓦连金说这些话时一直面带着微笑,好像是在开玩笑,但我坚信自己即将听到的将是对自己非常重要的事情。

"我是左撇子。对左撇子来说用左手演奏音乐更容易,我说完了。"

瓦连金的自白令我完全没有想到。

"告诉我,您听说过这种说法吗?就是左撇子的特征是所谓的同时视觉思维,而右撇子占主导地位的是线性顺序思维?例如,一个惯用右手的人拿起小说,读第一句话,分析,然后读第二句话,再分析。句子像珠子一样,依次串在情节的线索上,而惯用右手的人直到他停止或完成阅读为止,在每个阶段都只记住目光所及的很小的那部分内容。制作项链的右撇子只顾工作,只将目光盯在当时他要穿线的那些珠子上。左撇子对小说是同时阅读和分析。对他来说,小说不是项链,而是……嗯,我们可以说,是一棵新年枞树,在作者的提示下,他当然需要用像珠子一样的句子来装饰这棵枞树。在每个阶段,他看到和评价的都是整棵枞树,他的思想并不是严格遵循小说情节的发展顺序。他们时而返回到前边读过的页面,要么尝试预测小说后边可能发生的情节。在我看来,理想的读者必须是惯用左手的。"

我短暂地停顿了一下,以确信我的话没有引起房子主人任何讽刺的意味。我希望瓦连金与我争辩或同意我的观点,但他默默地带着几乎无法察觉的微笑看着地板,有节奏地点着头,好像是在和着他内心里的旋律的节奏。

"不需要由我来给您讲,惯用右手的钢琴家和惯用左手的钢琴家在技术上同样能够很好地处理最复杂的作品,例如李斯特转录钢琴曲。当然，前提是他们都训练有素。"为了以防万一，我澄清道，"但是在演奏过程中，惯用右手的人只能按照键盘要求的顺序来复制手指的动作。因此，他听到的是此时钢琴键发出的声音，不多也不少。左撇子可以在三个维度上（过去、现在和将来）一次性听到整首乐曲，这使他的演奏更加独特，更富有技巧，并且每次演奏时听起来都不同。至于您，还有一个更有趣、更罕见的情况，它让您的演奏、您的才华更具有独特性。您知道吗？我们在谈论歌剧演唱者时不会说他有天才的嗓音，而是会说这是一个才华横溢的歌剧演唱者。因为才华不只体现在声音之中。创作者的才华，在他的心灵里，在我们存在的数百万年中，我们对于心灵仍然一无所知。我们只能说它充满了我们整个身体，就像血液充满了血管，并对身体的所有问题都会做出强烈反应。因此，凡·高在切掉耳朵之前和之后在某种意义上已经不是同一个画家。贝多芬也有两个，一个是听力正常的，另一个是听力丧失的。而且，第二个贝多芬创作了比第一个更多的著名作品。这话也同样适用于凡·高。但是，我来不是为了听您的精彩演奏，虽然我丝毫不怀疑您演奏的精彩。也许这样说更正确：为了不再听到您的演奏。自从阿塔穆拉德给我讲了关于您的故事以来，您的演奏就经常在我的想象中响起：拉威尔、勃拉姆斯、普罗科菲耶夫……那些作曲家为左手所写的那些音乐的演奏。而且还都是在最不恰当的时刻：当我坐在桌旁开始写一本新书的时候，它就开始干扰我的思路。我意识到：要想让音乐停止，我必须和您认识一下……"

当我从椅子上站起来告别的时候，天色已经晚了。

我不知道为什么，但是那时候我确信与瓦连金的会面是头一次，也是最后一次。而主要的是，我不知道为什么倒希望是这样。他身体微微下垂，站在我的面前，但他的嘴唇上仍然带着不变的、略微可察觉到的微笑，他比我想象的要矮得多，赤脚穿着灰色拖鞋。我看着他从昨天就没有刮过的脸，脸上是长短不一红色的胡子茬儿，我以为我见到的是另一个瓦连金，而不是阿塔穆拉德记忆中的那个。过去留给他的只剩下陈旧发硬的面包屑，他希望能把它们从记忆中抹掉，就像从桌子上清除掉一样。

就剩下最后一件我想从瓦连金那里了解到的事了。

"告诉我，您是怎么想到要烤一个钢琴键形状的蛋糕的呢？"

瓦连金似乎对这个问题感到很高兴。

"那不完全是我的主意。有一个举世闻名的意大利厨师安东尼奥·科鲁奇。他出版了一本书《意大利面与歌剧》，在书中介绍了十七种食谱，并附有一张包含十七首意大利著名歌剧的光盘。科鲁奇建议烹饪和食用特定的菜肴时，要听特定的歌剧，只有这样才能获得非凡的味道。"

塔奇娅娜把我送到了公共汽车站。

"怎么样？"她问。

"谢谢你介绍我认识你的兄弟。"我说，"他真的编了很多曲子吗？"

"是的。最近，他甚至收到了莫斯科的订单。"

"哦，这会挣很多钱！"

我听说我们许多年轻的音乐家都在努力"为莫斯科"工作，但是在当地的表演行业中，一切都被不同的势力范围收购和分割了，所以几乎没有外人可以深入进去。

"顺便说一句,他为《自由鸟》编了曲。"

我不太喜欢现代流行音乐,但是在我和塔奇娅娜告别后,这首歌一路上一直在我的头脑中挥之不去。原因在于,最近几个月在白俄罗斯所有FM电台每天都在播放的歌曲《自由鸟》,其词作者是我。

已婚妇女诱惑指南

——尚未开始发行的白俄罗斯第一本色情杂志专访

阿列斯·巴达克 辛萌 译

这次采访的内容此前从未发表过。甚至可以说采访还没有结束,而且我想象不出边栏中可以写些什么。我不认为会是对我生平的基本陈述和我出版的书的平庸罗列,因为玛丽娜忍受不了平庸。

也许在边栏中她会写她如何迈过我家的门槛,街上吹来的过堂风透过敞开的窗户带给她丁香淡淡的气味,仿佛我手里拿着一束隐形的花。

——我忘了提前告诉您,我想和您谈的是爱情话题。您不反对吧?

但是,她的眼睛却传达出不一样的信息:她是故意事先没说的,对于她来说对话的开头很重要,以便马上确定采访的性质。这对我同样重要,于是我回答说:

——更准确地说,我想,您是想谈谈那部尚未写完的中篇小说吧,关于这部小说我在一期电视节目中由于疏忽大意曾说起过。

——怎么是疏忽大意呢？正如您自己所说，这是您自传体中篇小说《已婚妇女诱惑指南》的一个很好的广告。

她向我伸出右手，手掌朝下，以展示她的结婚戒指：

——我已婚！

——我不会再去实践了。

——什么？……

其实，边栏可以随便写什么内容，甚至可以什么都不写，就像她如果不把文章发给我校对，那采访本身也可以不发表一样。我发表时没有进行任何编辑，只是在开头和结尾进行了必要的说明。我之所以发表，是因为这部中篇小说本来就不存在，而且我想永远也写不出来。这一切都源于五年前的一次奇遇。那是六月的一个炎热午后，我打开家门，在楼道里看到一个美丽的年轻女子，她的模样一直在我脑海中挥之不去。

——我不会再去实践了。

我四十五岁，已经到了这样的年龄——给我感觉，明天的午餐比昨天的更美味，晚上的女人比早晨的更美丽，而从黎明到午夜的时间是如此漫长，以至于仔细地舔着晚上这个女人肩膀上乳白色月光的时候，都会忘记日出时对早上那个女人说过的话。

我是一个老单身汉，尽管这不是一种值得关注的生活惯例和方式。就我们通常赋予这个概念的意义而言，我从来都不是一个孤独的人。孤独，就是如果有人离开你，你会感到痛苦。而如果你离开别人，就会有一种遗憾之中带着柠檬味道的满足感，这种遗憾最终会变成平静。而且，每个女人都会留给你不同的孤独感，这种孤独感是由她的身体气味、她的委屈和未兑现的诺言、她的笑声和眼泪编织而成的。每次，当我刚有一点儿时间去享受这种孤独的时候，生命中总会出现另一个女人。

我一直从爱情之中吸取着它最好的养分，而不是把它当成一种习惯，就像一只蜜蜂总试图从花朵中采集更多的花蜜，直到花朵枯萎。

——在我看来，在这个比喻中您忘记了一个重要的细节：采集花蜜，蜜蜂最终会让许多人受益，而您所说的情况，带给女人们的只有危害。

——危害？女人喜欢满怀自信地责怪男人所做的一切，这种自信使任何理由都变得毫无意义。不过，有些东西我想澄清一下。

我对那些很好欺骗的年轻的小傻瓜不感兴趣，骗她们比乘着小船划过明斯克海还轻松。她们很容易同意你提出的所有要求，因为不想让自己的大脑思考问题。她们认为她们拥有永远的未来，而且只对自己承担道德责任。大家都知道，人最容易与自己达成妥协。

我对刚离婚的女人也不感兴趣，因为她们将每个新认识的男人都视为自己潜在的丈夫。

总的来说，我对那些在家庭层面对我没有任何需求，或什么都需求的女人不感兴趣。

因此，我卧室的门只对已婚女人开放。如果这对您来说还不够的话，我本人还没有跨过任何一个已婚女人的卧室的门槛。希望您会同意我的观点，已婚女人在改变之前会三思而行。这意味着她的行为不能被称为轻率。同时，在彻底改变家庭生活（或更简单地说是离婚）之前，她也会三思，而思考到最后时，她会因为自己的这些想法而感到害怕，以至于当烂漫的恋情最终结束时，她会感到很轻松。

所以重要的是，我坚信这些女人中没有一个人会觉得自己受到欺骗，因为我不向她们当中的任何一个人承诺某种东西，而最后却不能兑现。

——但是，每个女人明天所能拥有的都比今天更多，所以今天你抛弃她，也是在左右她的未来。

——已婚女人的未来都始于昨天。绝大多数妇女一生中只要背叛丈夫一次，就意味着背叛是天生固有的。导致报仇的一成不变的家庭生活、委屈、冲突——所有这些被我们称为背叛原因的东西，其实对于她只是一个借口。所以，我们拥有的都不叫爱，而我们所追求的才是爱，因为我们一直期待着爱情能带来某种新的东西。

第一次看日出，并为这种美景而感动得热泪盈眶的人，可能会成为一个伟大的诗人，但每天早晨都在同一地点流着泪看日出的人可能只会成为一个疯子。

"我是一个从一而终的女人，我从来不会欺骗自己的丈夫，我只会爱他，一直到死。"我的中篇小说的一个女主人公宣称。我问她："你记得你们是怎么认识的吗？""当然，"她回答道，"是在扬卡·库帕拉公园。我坐在长凳上，给松鼠喂了花生。我也有杏仁，但是我在什么地方读过，杏仁对松鼠有害。"顺便说一句，您知道，一个你问一句回答十句的女人，相比那些开始是在嘴上寻找答案，然后还得在眼睛里寻找的女人，更好引诱吗？

——您是认真的吗？

——我所了解的是，他们认识的那天是晴天，于是问："如果有雷雨，你和他都只好待在自己的家里，那怎么办？明斯克有差不多200万居民，你们的相遇无非就是一场意外。在一周、一个月、一年之后，你可能会在同一个公园，或者在地铁里——在哪儿不重要，遇到你的另一个唯一，你就会暂时欺骗自己，说你只爱他，因此就背叛那个没见到的第一个人。"

顺便说一句，她已经离婚了。起初，她在丈夫那里看见的都是她想看见的东西，后来看见的都是她不想看见的。

——借助互联网，整个明斯克就是一个巨大的公共住宅，每个人都可以被看到，这为我们提供了很多选择的机会，这意味着偶然性的百分比降低了。而且，在亲自认识某个人之前，可以在社交网络上了解很多有关他的信息。

——我将网上的所有通信都复制到文件中，这些文件存储在两个名为"工作"和"私人"的文件夹中。我很少再看"工作"文件夹中的文件，而"私人"文件夹里的通信我几乎全能背下来。您永远不会在社交网络上发布自己不喜欢的照片，也永远不会通过电子邮件发送未曾经过深思熟虑、已经读了一百遍的求爱信，也不会从中删除任何不是从最好的一面概括您的内容，因为您要尽可能取悦收件人。有时会起作用，但是在虚拟的相识之后，您还是要回到现实世界，但在现实中不可能把一切都消除，有些东西会像阑尾炎手术后留下的疤痕一样永远留在我们的生活中。

"你星期一对我所做的让我倍感痛苦和伤害……第二天我醒来时头很疼,因为我哭了半宿……然后我读到了你的信息,例如,'希望你睡得好,而我自己却做不到',我对此的评价就像你每次的挖苦。这些天,想起你时,我感到非常难过。"

现在向您转述这封信时,我没有突发奇想,也没有随意删除任何词语。这和一位年轻的女士给我写的信有很大的差别,她给我的过去——也就是二十四年前写了封信,二十四年恰是我与她的年龄差。她几乎没有感觉到这种差异(我承认,为此我不得不付出很多努力),但是,她就是靠自己的这种戏剧性的含泪信件让我去感受她。

——您不相信年龄相差几十岁的人之间会有爱吗?

——为什么呢?我相信。唯一的问题是,我们可以从这种爱中得到什么,我们将为此付出多少代价。站在河里,是无法让河流停下的。但是,可以掬起一捧水让河流的一小部分停下来。问题是,抓住她的这种忍耐力能保持多久?时间也是如此。不可能阻止所有时间的流逝,但其中的一小部分,即流经我们内心的那一部分,可以让它倒流。但是,很难长时间同时生活在两个时间维度里。

——您真正爱过您遇到的女人吗?

——那不用说。您知道,我不太相信理想的爱情,一见钟情,直到永远,这不是高级工匠缝制的私人定做西装。我在一家商店买西装,经常有这样的事,刚开始我觉得自己的身体不愿适应新事物，甚至想摆脱它，就像摆脱烫伤后的干燥皮肤一样。但是时间在不停流淌，它们慢慢就融合为一个整体，就感受不到它了。我的故事中的女主人公之一，在我们建立更亲密的关系之前，我们一起工作了近一年，后来她向我承认："你每天都穿西装打领带。突然在周日，我们在商店偶然遇到。这么长时间以来，我第一次看到你穿着毛衣，那一刻，在我看来，你看上去像一个家里的亲人，以至于我几乎无法自控地想要搂住你的脖子。"

——您能与本杂志的读者分享一些诱惑已婚女性的方法吗？

——我担心，如果那样他们读我的中篇小说就会觉得没意思了。

——那他们什么时候才能读到您的小说呢？

——我想很快。我承认，尽管伍迪·艾伦的警告总是在提醒我："如果你想让上帝开怀大笑，请与他分享你的计划。"

这次采访是在对话中没有新闻评论的情况下发给我进行校对的，这是她——玛丽娜的权利，很显然她是想以后再发，我是通过电子邮件收到的，然后就一个词没动，第二天心怀感激地寄了回去。过了一个星期，又过了一个星期，但是玛丽娜没有任何信息。在采访进行过程中，大多数记者都还会做好连续几天与您通信的准备，但是当所有事情都达成一致的时候，他们马上就把您忘在脑后了。

但是，我知道这和玛丽娜应该没太大关系，可能是该杂志的发行出了严重问题，她不好意思告诉我。

但是，我错了。大约一个月后，她向我的电子邮箱发送了这样一封信："我很久没有回信，深表歉意。现在我的心理状态不太好，因为一切似乎都很令人恶心，包括对您的采访。当采访了您并准备出版时，我感到很高兴，因为我是以记者，而不是已婚妇女的身份，对我们的谈话作出的评价。您有没有设身处地为受害者想过……抱歉，是为那些女人想过？当然想过，因为您可是作家。您可能认为她们应该感激您。为什么呢？因为您轻松自然地向她们展示了：她们比自己认为的要更好，她们创造的价值比现在拥有的要大。您为她们营造了很多小小的节日般的欢乐，并让她们相信，她们的生活中应该每天都有这样的小欢乐。这是您关于诱惑指南的重点，难道不是这样吗？但是，我怀疑您是否为每一个过完这个节日的女人设身处地地想过。而且，您甚至无法想象被抛弃的感觉，当感到自己的面前就是深渊，而却无力退回来。于是……"

信到此就中断了。这封信让我非常震惊，以至于我在最终开始去写回信之前，很长一段时间都无法集中自己的思想。我本想告诉她一些非常重要的东西，但是这些话她没有听进去。当反复阅读写好的这封信的时候，我看到的完全是另一封愚蠢的信，而不是一分钟前我脑海里的……

我花了两个星期徒劳地等待着回信，直到有一天我想起了她的话："有了互联网，整个明斯克就是一个巨大的公共住宅。"我不费任何力气就在脸书上找到了她的页面。"保存"里最新的信息属于一位我不认识的年轻女子，她伤心地简短告知说：玛丽娜没了。当天我就和她通了信，从她那里得知玛丽娜与丈夫吵架后，从十楼跳了下去。

我不知道她是否读了我的最后一封信，信中我为自己愚蠢地接受采访感到懊悔，为这个旨在吸引人们去注意那本尚未写完的中篇小说的游戏而懊悔。天哪，我是一个离婚的单身汉，我的一生中只有一个女人——我的妻子！我在报纸和杂志上收集有关家庭变故的故事，将其剪下来并放在书桌最上面的抽屉中，以便日后可以把最有趣的用在我的中篇小说里。我收集了很多故事，在涂层纸上把我所能看到的四十九个有线电视频道上所有的舞台明星和电影明星的求爱故事都记录下来。收集这些故事的时间越长，就越停不下来。当桌子的大抽屉装满时，有一天我打开它，上面的剪报和涂层纸像飞蛾一样飞落到地板上，我感叹道：整个世界都已经掉进了家庭变故里！最可怕的是，人们还不知羞耻地在公开场合谈论，竟然也没有受到观众的谴责！诗人出书，书里会有前妻和情妇的照片，以及曾经写给她们的诗。电影首映式上演员们都承认，导致他们陷入家庭破裂的爱情浪漫故事都始于电影拍摄中的亲密场景。我没有在电视节目中说我的中篇小说是自传体小说！我说它几乎就是纪录片。而今天，人们对自传体小说已经是另一种理解了，别无办法。我本想用真实的主人公和真实的故事来填满这部中篇小说，就像密密麻麻的罪人充斥着地狱一样。最好这会是一部地狱小说，让它接受上天的审判。

但是，很可能它将永远也写不出来。

家乡的枯沼泽

安德烈·费达连科* 张惠芹 译

很久以前,也就是在二十年前,我曾经碰上一件事,这件事我很长时间都不好意思说起。

那是仲夏,我刚刚结束大学一年级的考试,过几天后我本来应该去克里米亚的建筑工程队实习①。暂时我还在家乡的村子里待着,感到寂寞无聊,坐立不安。我一会儿看看书,一会儿在大白天打开电视,一会儿又简单擦一下门口的小凳子,不时地抽上几口烟。我向上帝保证,并非是

---

* 费达连科·安德烈·米哈伊洛维奇,1964年1月17日出生在戈梅利州。从莫济里工学院毕业后,他曾在苏联武装部队服役。先后当过瓦工、图书管理员。之后,就读于明斯克文化学院(现为白俄罗斯国立文化艺术大学)。毕业后,在七日周刊担任校对,担任火焰杂志社科学和艺术部负责人,在白俄罗斯电影制片厂工作。2005年至2011年,他担任青年杂志社散文部负责人;2011年至2012年,在文艺报散文和诗歌部工作;现任动词杂志的编辑。自1987年开始发表作品,撰写了10多本散文集,获得多个文学奖项,部分作品被译成俄语、英语、日语和其他语种。

① 按白俄罗斯的传统,大学生在暑假的时候组成各种小分队,到农村、工厂、建筑工地义务劳动,进行实践活动。这里的建筑小分队是指主人公参加的暑期实践活动(译者注)。

在明斯克上学使我变成一个这样的游手好闲者。从第一天开始，我就想搞点什么：翻新篱笆，翻新半毁的鸡舍。但是一切都已朽木不可雕，结果是：牵一发而动全身。需要大规模更新：买新的支柱、杆子、木板。这需要花费很多时间，起码一个月，甚至更长，或许要到夏天结束才能完工。否则就别修。

我特别想去克里米亚，都快二十岁了，一次也没有去过那里。去那里看看棕榈树、柏树、大海；看看马克西姆·波格丹诺维奇的墓地，希望"我的影子也将落在那些神圣的石头上"……而家乡这里有什么呢？好像我没有看过这些马铃薯的茎叶？不熟悉这个紧挨着菜园和房子的树林？林中的每棵树我好像都很熟悉。

开往辛菲罗波尔的火车夜里才有，就在村里的车站停上一两分钟。只有在期待已久要离开的日子到来的时候，我才开始感觉到有点伤感，有点怀旧。我用一种新的眼光环顾院子、菜畦，还有最终也没有动手翻新的鸡舍。我看着，感觉眼前这些活生生的东西有点可惜。可是，我就要离开了，我会看到许多不同的东西，但这一切就这么留在这里。我想延续我自己这种感动的、忧伤的心情，想穿过树林，到我熟悉的地方再走一走，如果有可能，还可以在沼泽地里钓钓鲫鱼。

母亲不在家，她去采野果子了。但我出门时，没有给母亲留任何字条，为什么呢？晚上十点前我就会回来，有足够的时间准备行李，甚至还有时间再看会儿书，然后在火车上睡个觉。套上旧军裤，穿上套头的制服上衣，快速挖点蚯蚓，将一根收好的钓鱼竿塞进袋子里，然后沿着自己最喜欢的线路到距离我们村约4公里的特卡契沃沼泽地。

下午，大约六点钟，柔和的阳光温暖着林间的小路。我终于找到了我的节奏：时光不再飞驰，也不慢腾腾地让人着急，而是差不多与我的步伐和谐一致。能够闻到森林的植被和蓝莓的味道，这种味道和鸟儿的啁啾、不太明媚的阳光以及运动鞋的沙沙声交织在一起，非常自然，使得我脑海里产生了一种期待已久的罕见的和谐：这就是我，还活着，一切都很好，在上大学，这意味着近几年甚至永远确定了我的"生命轨迹"。我在这熟悉的、美妙的树林里走走，去钓钓鱼，然后火车将我带到我听过很多次、在很多地方读到过的非常美丽的海岸。

不知不觉走到了一棵倒下的老桦树前，从这里开始需要朝着沼泽走，但此处找不到路，也找不到人行小道，甚至连脚印也没有。我听说沼泽已经干涸了，甚至可以期待上面长出草来……到处都是最常见的树林，有高大的蓝莓灌木丛，还有浆果；我感到恐惧，因为我记得这里有过毒蛇。我开始在灌木丛中穿行，很快就走到了我小时候和小伙伴们曾经去钓鱼、烧篝火和烤土豆的地方。这个地方不是我的眼睛看出来的，而是我的脚感觉出来的，因为脚不由自主地在此处停了下来。这里曾经是一个水岸，从这棵赤杨边开始有水，我们就是从这里甩鱼竿。现在，我只有根据脚下密密的、枯萎的草苔才知道我没有走错路，从这里再往前就应该是曾经的、真正的沼泽地。我继续沿着草苔往前走，白桦树越来越少，枯木越来越多，草越来越厚。一直走到我看见一个椭圆形的、直径约1公里的小高台，上面是长满苔草的塔头墩子和歪歪扭扭的、低矮的树丛。这里曾经是一大片沼泽地，现在只剩下一小片了，我们称之为"枯沼泽"。这个枯沼泽四周被挤过来的树林占着，很明显——再过几年,沼泽就将从此消失……

我从一棵小的赤杨树上折下两根枝条,细的一根装在钓鱼竿的梢上,粗的一根当作拐杖。然后踩着藓丘,用脚压着苔草,走了约十五分钟我就到了水边。在枯沼泽的正中间有一片凹陷的地方——是一个很小,但显然很深的水潭,四周被藓丘环绕。只要我一停下脚步,稍微在地上踩一下,这个具有欺骗性的水潭的边缘就像吧唧着嘴一样,开始晃动、下沉,于是脚就陷进冰冷的水中,脚脖子被淹没。幸好在几米之外,靠近水边,长着一棵矮小的、弯曲的,但树干相当粗实的赤杨,赤杨的树根周围形成一个像小岛一样的地方。我越过去,到小树旁,把这个地方踩实了,将鱼笼挂在树下部的树枝上,渔笼一半淹没在水中;我把钓鱼线系在鱼竿上——这样就万事俱备了。

水不是一般的黑,而是像石油一样的黑色。离岸边较近的水面上连绵不断地蒙上一片浮萍和蝌蚪,只有到中心的地方有点缝隙。我把一只蚯蚓挂上鱼钩,将鱼竿甩过去,但没有成功,正好扔到了浮萍上,坠子显然是太重,鱼漂竟然跟着没入水中……嗯,那是什么?我开始拖拽鱼线,但突然鱼线断了,我差点大喊一声,倒入水中,幸好及时抓住了赤杨。脱钩了!看来还不是一条小鱼……

我一边重新调整了一下蚯蚓,一边用颤抖的声音喃喃道:"这是什么鱼坠子!这么不中用,这么差的坠子……"

这次,我把鱼钩从我的头上甩得更远一些,一直甩到我这不怎么样的鱼竿所能达到的极限,甩到浮萍中间的缝隙处。鱼漂刚一浮在水面上,立即就沉了下去,我等着合适的机会,在水上抖钓竿——哪里能提得上来啊?我往小岛上拖的是一个黑色的、很大的家伙,看着都有点害怕……这是一种沼泽中的鲫鱼和丁鲅杂交后的鱼，鱼身很长，黑色的小眼睛，身上有黑色的小鳞片，肉很肥。实际上，这种鱼我们只吃风干的，因为闻起来有沼泽的味道，这种气味烧也烧不掉，煮也煮不掉。我以前也抓到过这种鱼，而且抓过很多，但是像这么大的还是第一次抓到。

我明白了，我意外碰上了一个就像采蘑菇的人所说的那种原生态的地方，这里可能已经好几年没有人钓过鱼了，鲫鱼几乎没有抵抗就上钩了。这样机械地一条接一条钓鱼，我很快就烦了。于是，我就开始搞恶作剧：故意慢慢抖动鱼钩，或者像一个从来没有拿过钓竿的人，当鱼漂没有浮在水面上时就抬起鱼竿，来个愿者上钩，即使这样，竟然没有一个脱钩跑掉的。此时，太阳已经落山，蚊子开始叮人了。最重要的是，本来不是很远的树林的边缘已消失在一片薄雾中，但天还是亮的。

每次将鱼竿甩过顶后，我就对自己说：好吧，再钓一次就到此结束。哪能结束得了啊！钓了一条后，我想：啊，那里有多少鱼在成群地游动啊！生活中这种咬钩的机会可不是总能遇上。

就是这种狂热的情绪使得人对什么都充耳不闻，差点儿毁了我。不用说，我听到了蚊子的嗡嗡声，也听到了笼子里的鱼发出的吧嗒响的声音，还听到附近青蛙的呱呱叫声以及晚上沼泽地里其他的声音，但我根本没有把这些声音当回事，自己完全放松了下来。而事实上，在我的背后有某种不是沼泽里才有的，像是人发出的声音：好像是谁在往嘴里吸气，然后又嘶嘶地通过紧咬的牙齿将气放出来。

我转过身来，看到从旁边的草墩子上有一根黑色的、一米长的绳子样的东西爬到我在的这个小岛上。我清楚地记得，蛇枕部两侧根本没有任何黄色的斑。呲——呲——呲！

像一根黑色绳子的东西爬到距我只有半米远的地方。

难以置信，这些爬行动物天生具有某种催眠力！我在某种程度上可以说几乎被吓瘫了，呆若木鸡，动弹不得，但后来我做了一个人独处的时候对黑色蝰蛇所做的最荒谬的事——我踩了蛇一脚。

想必我的丧钟还没有敲响，幸运的是，本来就不牢固的小岛边缘突然在一瞬间完全断裂了，我仰面跌倒在一个黑色的、冰冷的泥潭里。脚根本够不着底，与此同时，我的双手、背部和脸颊都感觉到有黏稠的糊状物。极端厌恶加上冰凉的水使得我清醒了。我抓着草，摸索着像黏土一样的岸边，终于摸到了一个粗根，并比较容易地爬上那个"树根"。是的，这已不再是我此前说的一个小岛了，而顶多是一个"露在地面的树根"。身后，被惊扰的枯沼泽在咕嘟咕嘟作响，发出沼泽里才有的恶臭。我身上沾满了绿苔、一些植物的根茎和泥团子，被划伤的手指渗出了血，但我刚看到的东西让我忘记了手上的伤，甚至忘记了毒蛇也许就在附近的某个地方准备攻击我。

浓密的、白色的雾像要威风一样覆盖到沼泽地上，不仅罩住了树林的边缘，还罩住了离我最近的灌木丛，只能看清三米左右以内的东西。我抓住装着鱼的笼子——约有八公斤重——我怒火中烧，很气愤地全然不顾地走上了我来时的路。接下来的事情发生得如此之快，我根本没有来得及害怕，或者是采取点什么措施：我咕咚一下子就掉了下去，泥水淹没到了胸口，手边是已经熟悉的糊状物。"这里的黎明静悄悄……冷静，现在我一定不能淹死！……"

我一点儿一点儿地拉出用树枝做的拐杖，它几乎全部陷入泥潭，我一边往外拉，它自己又一边往下沉。我把拐杖稍微横过来一些，它好像横躺在苔丘上。我按住手杖铆足劲儿一撑，胸部向前倾，往上将半截身拔出泥水，然后全力冲过去，用双手抓住了我的赤杨。我终于从泥水中爬了出来。

"我是怎么过来的？我就是在这里穿过去的啊！冷静，现在最重要的是不要惊慌！"

我稍微清理了一下自己，用铁锈色的水冲走污垢，并使劲瞪着眼睛开始环顾四周。在我刚才幸运走过来的那一侧，现在是一个大黑泥坑，我的鲫鱼就懒洋洋地在这泥里拍打，这是它们最习惯的环境。好吧，没什么，继续挪动，上帝保佑，还可以走其他地方，因为另外三面可以走。

这次，我小心翼翼地出发，在前面用拐杖戳着，摸索着走在苔丘上。走了大约三米时，苔丘突然消失了，面前出现了一条平坦的、长满绿草的道路。我轻松地拄着拐杖，沿着这条路，向深处走去。

这下不能掉以轻心了。

我心里合计着，如果再一次陷下去怎么办？于是，额头上冒出了冷汗。我站在枯沼泽的正中心，四周无论是在开阔的地方，还是在上面长着苔藓的地方，到处都是泥泞的沼泽。泥浆像马蹄铁的形状绕过水潭，潭边有个窄一点儿的缝隙可以通过。我过来的时候，奇迹般偶然碰到了这个缝隙。现在，我刚刚爬出来的那个泥坑，已经把马蹄铁的两端，也就是我刚穿过的缝隙连接了起来。

可能还有别的通道，可能还有更窄的地方可以跳过去甚至跨过去——但如果这是在白天就好了！而现在呢？是伸手不见五指的黑夜。

毒蛇还有可能偶然爬出来。但是，更大的问题是所有这一切事情接二连三地出现，还有就是预想不到的问题，那就是好像有人不想放我走，不想让我离开这里……

已经看不见水了，什么也看不见。我坐在赤杨树下的一个漂浮在水面上的树根上，被蚊子叮了很多地方，人也开始变得迟钝了。我感觉，好像那条毒蛇偷偷爬到我的身后，咬破了我的背，吸着我的血。我起身，心想，如果背上有毒蛇，我就能感觉得到。不，不像。我用手摸了摸背部：一个肥胖的水蛭蜷缩成一个球，暖暖的，还有棱角……我从腿上拿掉两个水蛭。

要去克里米亚，鬼使神差，我却要到树林里走走，钓钓鱼！我的火车早已经开出很远……

假如这一切都不是在这里发生的，哪怕是在邻村附近——也许会让人感到沮丧，感到绝望，但肯定不会有某种悲剧的感觉。我从小就认识这些地方，我爱它们，我一直以为它们也爱我，把我当自己人。这里每一条小路我都走过，无论是冬天和夏天，我们都会去这些沼泽地附近砍柴，到这里放牲口。我从来没有听说过任何与这片沼泽有关的可怕故事……

已经是夜里了。

我时不时从原地挣脱开，抓住手杖，戳戳这边，戳戳那边……手杖在任何地方都没有遇到任何可支撑的阻力。我觉得，整个身子被蚊子叮咬得都肿胀起来了；蚊子的嗡嗡声，浓浓的沼泽地的臭味，身体上感觉还有水蛭，以及神经的作用，我头都晕了。我对沼泽用一种怪异的、沙哑的声音说道：

"你想让我死在这里……没门儿！我一定要活下来。我甚至觉得有点可笑！……我不会在这一个晚上发生彻底改变，这个夜晚无论如何也不会影响我……摊上这么个我无法改变的夜晚，它无论如何也不会影响我……受影响的是母亲的健康，我这个夏天的梦想也会灰飞烟灭——这就是你能得到的一切结果。但话又说回来，我唾弃你，这个臭水坑，毒蛇的繁殖地！晒干你都不解气！我的前途还远大，我还会看到很多新的城市，过上新生活，我会活着出去；而你——会在自己的恶臭中窒息，长满苔藓，直到该死的你干涸枯萎！"

作为回应，我只是听到了蚊子的嗡嗡叫声、鱼的拍打声和沼泽的咕嘟声。浓浓的雾气真的是在摆动，甚至在黑暗中也能看到它摆动。

早晨到来得出奇地快。到半夜，太阳还没有出来的时候，天已经开始发亮。蚊子也减少了，小鸟开始叽叽喳喳叫。过了一会儿，我已经可以看清楚自己的腿，辨别出水和灌木丛。我的钓鱼竿在沼泽中间漂着，鱼竿四周泛着小波纹——显然有一条鲫鱼已经上钩了……靠着我两条已经麻木的腿，沿着差点成了我的坟墓的泥坑的边缘，我挣脱出来，找到了昨天走过的痕迹，很快就到了干涸的岸边。我甚至再也不想回头看这片枯沼泽了……

现在，经过这么多年，我已经不再羞于回忆这件在自己家的小屋附近迷路，而且差点丢了性命的事情了。其实，这件事也并不好笑。这些年，我过上了新的生活，看到了很多新的城市，还去了趟克里米亚。可是，不知为什么，我不会经常想起烟雾弥漫的宿舍的过道，不会回忆给人带来不快的、变着花样的整夜的醉酒，也不会回忆为了躲避从切尔诺贝利事故现场来的人们到别人家穿来穿去的日子……经常浮现在脑海的是家乡的即将干枯的沼泽。

如果有人说：哎，我们对你由于某些沼泽引起的恋家情结非常好奇！

我会对他说：那个夏天，我们的建筑小分队被解散了，因为在抵达克里米亚后的第二天，载着学生们去上班的汽车撞上了岩石。一人死亡，两人瘫痪。我是不是也有可能遇上这种不幸呢？如果这是一个偶然的事件，那么又怎么解释人的命运呢？

我的家乡在农村，有沼泽……原来，你过去爱我，现在依然爱我。难道不正是因为你的爱，值得让你经常出现在我的脑海里，出现在我的回忆中和我的梦乡里？你好像是在保护我免遭某些不幸，紧紧抓住不放手。

阿列霞

安德烈·费达连科　辛萌　译

I

沃洛金已经是连续第三年来这个克里米亚西海岸的小村庄了,每次都是九月,都会住在同一户人家,甚至每次都住同一栋房子。

时值金秋,这是个温和的季节,来疗养的人都没带孩子,人很少,所以价格也降低了,这对节俭的沃洛金来说很重要,甚至可以说非常重要。

他选择来西海岸——克里米亚草原,还有一个原因,那就是这里还没怎么开发,所以和南海岸相比,污染较小。

他只是想游游泳,喝喝酒,吃点儿葡萄,独自散散步。他非常享受那种能让他找到内心平静,并远离一切可能影响他情绪的东西。

沃洛金已经四十好几了。准确说,已经五十岁了。他喜欢漫无目的地闲逛,想着这大半辈子以来他收获了哪些经验,体会了怎样的人生,想着一个人不是必须要有哲学深度，但要有能力没有指南针在这个世界上也不会迷失方向。

然后，等到了冬天，在明斯克，他就会回想起他去过的舒适的小村庄、茫茫的大海、宽广的草原、吹过的风、沐浴过的阳光、独处的幽静……是那么美好，心里是如此平静。人总是这样，当记忆欺骗你，让你去忘掉那些不开心的往事时，你也会欺骗记忆，会屈服于它，做好准备去忘掉一切想要忘记的事。

沃洛金想起了去年的快乐往事，他想一个人再重温一遍，甚至可以说是机械地复制一遍。于是，他坐上了火车。哎呀！又听到了火车站里的那些广播：明斯克、辛菲罗波尔、格罗德诺、阿纳帕！……熟悉而漫长的旅途，两天两夜的时间，火车停靠的站不多，停车时间也短，还有月台上的小商贩。不知道为什么，映入眼帘的总是那些煮熟的虾，又红又大，像龙虾……经过占科伊、辛菲罗波尔，克里米亚的气味开始让他鼻孔发痒，脑袋发晕……坐上小巴车，欣赏着路边的葡萄园、核桃树，树的后面只有空旷的田野，还有田野上新克里米亚的标志，鞑靼人自建的小房子。一路颠簸，小巴车来到了村汽车站，他下了车，不紧不慢地走在这条熟悉的路上，甚至连路上的坑都清清楚楚——这里的道路和人行道从来没人修。迎接他的是小屋，小屋旁的花坛，主人看见他来的喜悦。还是那栋小屋，还是那个房间，一点儿也没变，甚至连挂在天花板上的粘苍蝇纸好像都还是去年那些。屋子里总有一种让白俄罗斯人的耳朵特别不习惯的唰唰的声音——那是海浪的声音！虽然看不见海，但是它离得很近！

一切都和他期待的一样。

路上一切都很顺利，主人见到他非常高兴，像是见到了亲人一样，把钥匙给了他。一人住的小房间也好像对他表示欢迎，凉台、花坛都说着只有他听得见和听得懂的话。小狗廖瓦这一年一点儿也没长，一认出他，就立刻扑到他的背上，挥舞着四只小爪子。

沃洛金打开背包换衣服的时候，女主人进来了，显得挺年轻，但她像医院的卫生员一样，并没有专门背过身去。沃洛金只好听她说，她说夜里刮大风暴了，就是每年初秋都会有的那种叫"巴拉"的风暴。这个风暴从新罗西斯克湾过来，会把沿途的所有东西都破坏掉，刮折大树，侵袭海滩，把轮船都能刮跑，船锚都没用，不刮够了，伤亡够了，它是不会消停的。昨天晚上就有一个小姑娘从海边的峭壁上被冲走了，她当时正拿手机拍风暴呢，结果没站稳，顺着高高的斜坡一下就滑到那么深的大海里去了……

沃洛金没有特别注意听她讲话。他迅速穿上短裤，把脚蹬进夹脚拖鞋，抓起一条毛巾就朝大海跑去。海上的风暴已经平息了，海鸥和信天翁在假装抱怨似的哭泣着。被冲刷干净的、高高的海岸上满是曲曲弯弯的裂缝。浑浊的海浪夹着长长的水草和浪尖上黄色的泡沫扑向岸边，但是冲不上去，于是在水和岸之间留下了十米左右潮湿的海滩。

尽管如此，还是有人在海边，有穿着衣服的，有没穿衣服的，有坐着休息的，有沿着海滩走来走去找石子的。几个看热闹的用手指和拿着手机对着那个发生不幸的峭壁指指点点。

沃洛金边脱衣服边往海里走，冷不丁走进冰冷的海水里，他激灵了一下，然后就适应了，开始游泳、潜水，一会儿什么都听不见了，呛了些又苦又咸的海水，腿撞到被海浪在岸边滚来滚去的石头上了……当他前后甩着两只胳膊、耳朵嗡嗡作响地爬上岸的时候,有个姑娘请他帮忙固定一下阳伞。可是,这天儿连个太阳都没有啊!姑娘看年龄当他的女儿合适。她俄语说得就跟其他白俄罗斯人一样(然后他们还会感到奇怪,为什么在国外才说了一两个单词就会被发现自己是白俄罗斯人),说话的时候有一些稍稍能听得出来的"缺陷",这种缺陷任何一个语言矫正专家就算是用五十年的时间都纠正不了。

"小老乡,我们来一场度假地浪漫怎么样?"沃洛金问。这话听起来与其说是轻浮,不如说很无聊,会给人一种老人"撩"年轻姑娘的嫌疑。但并不是他想纠缠,是别人请求他这样做的,所以在把粗粗的伞腿插进硬硬的、被风暴踏平的沙滩里时,他又故意重复了一遍。

"小老乡,咱俩到底会不会有浪漫故事啊?"

"您是怎么猜到……"她有点儿惊慌地摸了摸自己翘翘的、长满雀斑的小蒜头鼻子,手指上带着闪亮亮的结婚戒指。

"哎呀,"沃洛金一边顶着风撑着伞,一边礼貌地说,"请原谅。我是怎么猜到的?我有一套认出老乡的理论,我告诉你,这个海滩不大,我们一定会再见到……"

女孩儿一点儿都没晒黑,所以沃洛金觉得她应该也是不久前刚来的。伞固定好了。告别的时候他们互相认识了一下,女孩儿叫阿列霞。

"还这么年轻就叫阿列霞[①]了啊!"沃洛金开了句玩笑就走了,他很满意这次相识,很满意自己的玩笑,对自己

---

① 阿列霞是一个很古老的名字(译者注)。

本身也很满意。

　　但是，他的视线又投向了峭壁……想一想，当在某处风暴正裹挟着不幸的受害者的尸体抛进大海，而我们还在这里平静生活，还开着玩笑，这简直是亵渎神灵啊……沃洛金是一个读书人，他曾在古迹博物馆珍版书籍处工作，他想起来自己不久前读到过：内战正在进行，人们在第聂伯河边休息，喝着酒，吃着东西，岸边腐烂的水草中有一具泡胀了的尸体，静静地漂浮在水中，一个巨浪打过来，他那松弛的白色硬筒皮靴就会来回动，女人们就直接哈哈大笑地指着他……

　　在这里也一样。生命学会了与死亡密切共存，这是多么谦恭、多么无耻的和谐相处啊！生与死都无关紧要，重要的是不能因为一个粗心的小傻瓜被卷到了海里，就影响我休息！……

　　事实上，很快，甚至比想象的还要快，人们就忘了女孩儿溺水而亡的事了，沃洛金也开始过自己想要的生活了。

　　他想要过的生活是，想要的越少越好。他的计划就是没有计划，规则就是没有规则。

　　不需要严肃认真地对待生活，沃洛金早就决定了，生活不值得他那么对待。生命如此短暂，终会以死亡告终，剩下的已经不多了，周围的一切都是恶：女人是恶，金钱是恶，善良也是恶，因为它需要你去做。因此，你甚至连一根手指都不值得动，不管是为了金钱，为了女人，还是为了善良；就闭着眼跟着命运往前走就够了，同时连一个小碟子都不要拒绝，因为命运可能会突然用这个碟子带给你什么惊喜：别人给你，你就要；打你，就跑掉。

沃洛金坐在凉台上喝着白葡萄酒，想着这些话。他感觉非常好。这里的一切他都非常喜欢：房间、遮阴的凉台、味美且不浓烈的酒……欧洲风情小镇，每栋房子前都摆着小桌子……一个封闭的长方形院落，院子中间是花坛，院子尽头种着一棵核桃树，它的枝叶向四周展开，更远处是桃园和菜园。每天早上沃洛金还没醒的时候，女主人都会去摘一两颗黑色的、小孩儿头大小的"牛心"番茄，再拿两个新鲜鸡蛋，一并放到他桌上。为此，沃洛金每天需要履行一个小职责：用塑料瓶给女主人的母亲——老奶奶，装回两公升海水。沃洛金生动地想象着这个双目失明、看不到大海的百岁老人有多想哪怕闻一闻海水、尝一尝海水的味道啊。

他拿着瓶子，朝海滩走着。穿短裤和背心真舒服啊！脚下踩着柔软的、附着着南方尘土的白色沥青小径。太阳刚从艾彼得山积雪的山顶后探出头来：小克里米亚，天气晴好的时候站在高处从这里甚至能看到雅尔塔的山！大海经常会突然像被打开了一样，阳光把大海分成两半：靠近地平线那半是天蓝色的，而靠近海岸这半是深蓝色的。他一眼就能认出沙滩上的阿列霞，因为他能认出那把伞，而且她也喜欢坐在同一个地方。结婚戒指带来的结果就是——两岁的小莉莎，她很安静，一直在妈妈身边玩着沙子，她光着身子，和妈妈不同，她已经被晒成巧克力绒布一样的颜色了，只有穿三角裤留下的白色小三角形格外显眼。

"天气好的时候我会给她把小短裤脱掉，冷的时候就穿上。"阿列霞解释说。她自己不喜欢晒太阳，所以以前皮肤像奶酪一样白。

他们的关系已经很近了，相互直接称"你"了①。她知道沃洛金很久以前就已经离婚了，现在独居在明斯克一个两居室里，虽然住的是"睡城"，但是离地铁不远。而关于她，除了有这个女儿以外，沃洛金还知道她从外省来，在贸易领域工作，她们这几天就要回去了。

"你不害怕吗？"沃洛金问，"带这么小的孩子？看把她晒得。"

"去年，我是用绳子把她拴在我腿上。我在伞下睡觉，而她在海岸那边，在浅滩上玩儿。"

沃洛金想了想，咳嗽了一下，然后开始说，似乎想证明自己是对的：

"我有一个儿子。"

"挺大了吧？"

"跟你差不多大。从理论上说，我也应该有一个像莉莎这么大的小孙女儿了。只是，我和他基本不见面。"不知道为什么，他补充了一句。

"你和前妻是和平分手的吗？"阿列霞问。

"再和平不过了。她还当着我的面就……和一个什么部的一个男的……后来嫁给了他。然后，他们给我买了一套房子。所以，我们都应该很幸福吧。"

"一个人住两居室也很无聊。"她说。

"完全错误。我也有女人……当然了，她有自己的孩子、自己的房子……"

他还讲了答应她要说的事儿——他是如何在国外辨别出白俄罗斯人的。"乌克兰商人在集市上往商品旁摆上一

---

① 在俄语中用"你"称呼表示关系密切（译者注）。

个牌子：这是李子，而不是南瓜！而对我来说，"沃洛金说，"根本没有必要往人的脑门儿上挂一个标签：这是白俄罗斯人，而不是德国人。当然首先是听口音，他们还会阴天晒太阳，在冷水里游泳，喜欢搭伴儿，不喜欢安静和独处……白俄罗斯男人不管穿什么鞋——夹脚拖鞋或者凉鞋，永远都穿袜子，而修脚师确认，白俄罗斯男人的脚掌是世界上呵护得最好的。"这个说法沃洛金也是在哪儿读过。

晨泳后，他就精神饱满地回到小屋，感觉整个人都变年轻了。廖瓦摇着尾巴朝他跑来，廖瓦的脊背长得又弯又窄，于是沃洛金就叫它军刀，所以每当军刀跑过来时，他也回应它。

院子里这些邻居中有一个熟人，是一位花白头发的老人伊西多罗维奇，他来自卢甘斯克市。沃洛金是第三次来这儿，而伊西多罗维奇已经是整整二十年了，没有错过一个季节，一开始是和妻子一起，妻子去世后，他就开始一个人来了。他总是坐在土房里，房子很小，从里到外都非常惬意，甚至还有炉子——晚上天冷的时候用。伊西多罗维奇在他们当地是一位诗人。有时他会硬把沃洛金拉到自己的小土屋里，桌上摆满了克里米亚的美食，各种各样的饮料和小吃，而沃洛金就得被迫去听他冗长的、无休止的、像卢甘斯克草原一样一眼望不到头的乌克兰语带欧洲口音的长诗："啊，你是我的母亲，啊，我的乌克兰！"最后结束的时候，昏昏欲睡的沃洛金没有礼貌地打着哈欠，看着表，站起来握握这位爱国老诗人的手：

"那就祝你能保卫你的乌克兰，就像卢甘斯克的钳工克利姆一样！"

其他的邻居沃洛金不认识，只是偶尔打个照面。斯塔西·斯塔尼斯拉瓦斯，立陶宛人，是一个禁欲主义者，十分拘泥于细节，对他来说一切都是按秒计算的。种种迹象表明，他来这儿不是为了躺在沙滩上晒太阳的，而是来调理自己的身体的，就像修理一个机器一样。沃洛金费了半天劲儿想出几句立陶宛词，每次见到斯塔西时都会礼貌地说："Malonu susipažinti（很高兴见到你）"和"Labos nakties（晚安）"。这个可爱的、身材健壮的立陶宛男人微笑着，轻轻地握着沃洛金的胳膊，一直握到胳膊肘往上。

还有一位俄罗斯的女士，来自圣彼得堡，院子里没人喜欢她，因为她太古板了，她也不喜欢别人，甚至和谁都不打招呼。沃洛金总是附和着她："哎呀，您来自文化之都，来自涅瓦河上的城市啊！"于是，她被融化了，变成了一个可爱的俄罗斯女人，坦诚地跟他讲，她和儿媳妇之间出了问题，儿子酗酒严重，住在巴什基里亚，而她本人也不是来自圣彼得堡，而是郊区，好不容易攒了两年钱才够来度假，身体已经每况愈下了。

两位来自哈尔科夫的老太太住在沃洛金隔壁，她俩合伙儿出钱来这儿待一周，整天都在厨房里烧罗宋汤，然后在凉台上开心地吃掉，有时候还会用勺子敲几下。沃洛金在海边从来没见过她们，可能她们从来没去过。

有很多"风滚草"[①]自己开车从乌克兰、俄罗斯、白俄罗斯来。他们追逐的是风和日丽和自然美景，但找寻到的往往都是一些有惊无险。要么是车爆胎，要么是被抢，要么就是起了内讧："你不是说有太阳吗，在哪儿呢？！"住两宿他们突然就撤了，然后继续寻找下一个更好的地方。

---

① 指不想在一处定居的人（译者注）。

这些都是沃洛金去隔壁院子吃饭的时候看见或者听见的。隔壁是一个鞑靼族女人，她家是一个三层带阳台的大房子，院子里停满了大屁股的吉普车、尼桑、三菱……不过，它们丝毫不妨碍沃洛金。

整个小餐厅都处于葡萄园的阴凉里，炖好的羊肉上飞着苍蝇，但还是很开心，羊肉也很美味，而且鞑靼老太太问沃洛金话时的说法也很好笑："要不要给你洒点儿罗宋汤？""请洒吧。"沃洛金回答。在院子中间，用彩色的小石头砌成了一个小水塘，里面住着母乌龟和她的小龟女；小乌龟喜欢爬到妈妈的背上取暖。孩子们给它们喂香肠和萨拉①，乌龟非常喜欢吃。

吃完午饭又来到了海滩上，但是这个时候得待在凉棚下面的阴凉里。沃洛金从以往痛苦的经历中已经了解到，九月的太阳甚至比夏天的还毒。他又在海滩上看到了那把熟悉的伞，虽然和阿列霞还有小莉莎认识的时间不长，但他又去跟人家开了善意的玩笑："小老乡，度假浪漫考虑得怎么样了？"阿列霞只是笑，就像听到沃洛金在阳光明媚的早上祝立陶宛人晚安一样。

晚上，沃洛金悠闲地在沿岸街上散着步。在水泥墙后面，铁丝网篱笆后面，在茂密的绿植中间，隐藏着度假屋、防治所、疗养院和附属的游泳馆、电影院、邮局、报刊亭，当然，还有各种各样充满异域风情的咖啡馆。可以到那儿去转一圈儿，欣赏欣赏花草树木，也可以绕过这些一个又一个人类文明之岛，随便在沿岸街上走走，已经走到了这些建筑的尽头，再往前就是榆属植物丛了——克里米亚半

---

① 萨拉是一种腌制的肥猪肉（译者注）。

岛的矮小的黄色金合欢，它们已经凋谢了，叶子像秋天时那样在脚下沙沙作响。继续往前走，是落叶松树林，散发着浓郁的树脂和白俄罗斯松树的味道，道路的两旁长着差不多一人高的、像蓝色矢车菊一样的植物。再往前就什么都没有了，是光秃秃的草地，只有远处有一个被挖掘了一半的斯基泰人陵墓。

草地上……荒无人烟。一片光秃秃的、像铁丝一样的羽毛草在风中作响。骤然间狂风大作，其原始的野蛮让人惊慌不已。克里姆恰克马孤独地嘶吼着，鬃毛高扬，想要抓住这狂风，扒起蹶子，屁股猛摇个不停……要是在路上遇到这样的场景你试试！

沃洛金站在高高海岸的悬崖上：后面是草原，前方是辽阔的大海，这时火红的太阳正落入蓝色的大海里。当贪婪地呼吸着空气中羽毛草和碘的微微的苦味时，他觉得自己的身体好像充分感受到了空气的密度，就像在一种轻柔、透明的液体里，这个时候他好想扔掉衣服，这样不仅仅是肺，连身体里的每一个细胞都可以呼吸这种空气……

散步、适应、孤独、异域风情，一方面，让沃洛金觉得安静、平和，像是儿时般舒畅，感觉自己就是身体、思想和情绪的主人（例如，他可以让你陷入明快的忧伤，也可以让你莫名其妙地喜悦），另一方面，在这样的时刻，他强烈地感觉到，人类在沉默、伟大的自然面前有多微不足道。这就是大自然，它是真正的、主要的、永恒的存在，而人类——只不过是布景不断变化的、暂时的背景而已，只是生命之树的叶子，年轻时——绿色，暮年——变黄……枯萎，凋零，而太阳、大海、草原将一如既往地存在下去……

深夜，沃洛金准备上床睡觉的时候，平和舒畅的感觉就消失了。岸边的咖啡馆里，每两个就会有一个里面传来："好、好样的，我的白、白俄罗斯！"钻进的是耳朵，作用的却是神经……这让沃洛金一点儿一点儿回想起了森林里的情形，采蘑菇的人戴着耳机，拿着手机，找着蘑菇，每走一步就告诉朋友一下，还有钓鱼……有一天早上天还没亮，从打开的车门里传出的音箱的声音就打断了蚊子的嗡嗡声，切断了夜莺、公鸡的鸣叫。

沃洛金抓起耳塞，苦笑了一下。但是，他就和我们之间的许多人一样，在国内爱自己的乡亲，在异乡却不太看重他们。但女性除外，他不得不承认，白俄罗斯的女人是世界上最好的女人，至少是容貌好；他很容易这样想，因为别的女人他也不认识。

II

那是一个温暖的、阳光明媚的早晨。温柔的海浪懒洋洋地涌向岸边。阿列霞坐在被斜扎进沙子里的伞下。沃洛金趴在她旁边。他刚游了会儿泳，为了能装些更干净的海水，他拿着瓶子游了很远，现在，他那被咸咸的海水浸湿了的头发竖立着，就像豪猪的棘刺一样。小莉莎在不远处蹲着，专心致志地咚咚地敲着石头……这几乎是现在还没什么人的海滩上最大的声音了。尽管在如此晴朗的早晨，小度假村的人们也很晚才起来。

明天阿列霞和她女儿就该走了，沃洛金又就这个问题进行了哲学性的思考。

"总是这样：相见、相识、告别。也轻松而又愉快，好像我们之间还会有无限的未来一样。"他趴在沙滩上，一边把一只手里热热的、金色的沙子倒到另一只手里，一边小声说道，"与此同时，命运让人们相聚，可能就是为了给他们机会进一步接触，而不仅仅是简单的'你好''再见'。但是，我们每个人在这一生中都只是乘客，坐在写有'出生—活着—死亡'标牌列车的车厢里一路前行，谁也不知道列车员什么时候会来敲门。没有新意？现在什么有新意呢？人类开始重蹈覆辙，绝望地停滞不前，这导致人们产生最悲观的思想。我们应该成为有智慧的人，就算最终成不了，那么最起码要努力比前人更有智慧。而我们是怎么想的呢？啊——啊，这么想的我们不是第一个，但也不是最后一个……然后就习惯性地为最糟糕的情况去做准备。可没准儿情况还会更好呢？我们不懂这个道理，但也不会出错，因为我们根本不去寻觅……"

沃洛金开心地说着，那种感觉，就像是孤独的人找到了一个充满感激的聆听者，于是就开始自己的滔滔不绝。他东扯西扯，讲着一些妇孺皆知的简单道理，他也非常清楚这一点。但是，她听得那么认真，那么严肃，对他说的每个字都表示认可，这让沃洛金越来越觉得她很理解他，也觉得自己说的真的很重要。

大概是因为见到他之前阿列霞的脑子整个就是一团糨糊，现在她正在慢慢地接受他的观点、他的世界观，并且心怀感激之情，愿意担任配角，愿意承认他的高度。

"幸亏她结婚了，"从海滩去吃早饭的路上，沃洛金边走边想，"否则估计就真的会生出一段浪漫来了，那就太……"

晚上，他们又相遇了。坐在沿岸街上的咖啡店里，就着炙热的烤串喝着葡萄酒，欣赏这自然风景。小莉莎坐在沃洛金的膝盖上。傍晚的斜阳、白色的海鸥、绿色峭壁的轮廓、平静的蓝色大海、初秋的多愁善感、逝去的夏天的淡淡忧伤……

沃洛金全身都软了，因为这酒、这肉、这美景，还有身旁年轻的少妇，他陷入了回忆之中。

"可惜，我们哪儿都没去，苏达克、费奥多西亚、雅尔塔……"

他讲述说，好久之前，他还在上大学的时候，第一次去雅尔塔，身上的钱只够买返程车票和一天一小份饺子，天真地以为能靠异域风情，还有圣灵过活。走到哪儿就在哪儿过夜：长椅上、沙滩上、马路边上，夜晚的柏油马路温度都能降到零下。白天，他能做的只是在烤羊肉店附近转悠，闻到那个味道头就晕，音乐声响着，人们散着步，买自己想买的东西……他告诉自己，有一天他一定会回来，那时他一定不是今天的自己，像个胆小的、饥饿的野兽，而是生活的主人……

"你的愿望实现了。"阿列霞说。

"我去了，去了雅尔塔。但看到的已经不是那座城市了，今天的雅尔塔已经是一个奢华的、百万富翁云集的城市了……我长大了，雅尔塔也变大了。看来，和当年那个穷学生相比，我并没有太大的收获。要是我能拿来自吹的不是书读了多少，而是有多少钱该有多好。贫穷，当然不是罪过，而是平庸的醒醒……"

太阳落山了，霞光犹如一条抖动飘浮的宽丝带，映射在平静的海面上；这是印象派画家的配色，仿佛在金色上叠加了丁香色一样。

"于是,我懂了:没有必要去追求任何东西,反正无论如何也追不到。"沃洛金说着和早上完全相反的话,"而且,只有去不同的地方旅行和浪迹天涯后,你才能更好地了解自己所拥有的东西的价值,你才能更珍惜现在生活里拥有的、与你朝夕相处的东西……"

沃洛金和阿列霞突然发现小莉莎搂着他的脖子睡着了,像一只小猫。沃洛金抱起她——软软的、热乎乎的,把她抱到门口,小心地交给阿列霞。阿列霞把她抱进了屋里,沃洛金在门口等着。

南方的天黑得太快,太突然了!夜幕毫无征兆地降临了,一片漆黑,伸出手——只能靠它去感受。头顶的天空上,拳头大小的星星闪烁着不同寻常的光亮,而旁边,透过栅栏的花坛上也有同样大小的白色曼陀罗,它们只在夜间开花。花香会让人剧烈头疼。天很闷。街上的路灯亮了,减弱了一丝黑暗。阿列霞出来了。

"她睡了……"

他们慢悠悠地走到了海边。这是两个人第一次独处。沃洛金看到,与其说是看到,不如说是感觉到了,阿列霞好像想和他说什么。但他怎么也不能让自己停下来。

"嗯……那个,你马上就要走了,咱们还没去雅尔塔……太可惜了。雅尔塔是博格丹诺维奇和契诃夫的城市。你记得契诃夫吗?"

"谁,谁呀?"她一脸茫然地看着他,"契诃夫?"然后突然大笑起来。

"对,我说的就是他!他写道:每一个幸福的人的房门背后都应当站着一个人,拿着锤子不住地敲门,提醒他,天下还有不幸的人。拿着锤子……幸福的人……其实相反，应该保护幸福的人，向他们看齐，羡慕他们，而倒霉的事即使没有锤子敲也会找到他们的！或者趁着年轻赶快多做些善事。而什么善事，什么是善事，没说。或者你拿起《牵小狗的女人》。你会既吃惊又感叹，男的揪自己头发，女的折断自己胳膊，因为他们都有自己的家庭。如果不是因为是经典之作，或者题目没这么醒目的话，"沃洛金生气地说，"谁都不会去读这个作品，也不会被拍成电影，因为这里的中心思想和整个罗曼蒂克都没有结局。应该让他们在一起，结婚，再让他们穿越到我们现在这个时代、当今这个世界。最多一个小时，他们就会呼天抢地……经典作家，勉勉强强活到四十岁……不。如果你是个天才，就教教我，如何让我平静地多活几年。如果你能告诉我，我就相信你是天才！……怎么样？同不同意？"

他们到了码头，已经走到头了。右面、左面、前面都是大海，哗哗地翻滚着波浪，后面，有一缕光线从沿岸街照向码头，所以阿列霞整理头发的时候，戒指就闪闪发光。

"谢谢你……"

"为什么谢我？"

"谢谢你陪我散步，给我讲……我有生以来从没见过像你这么聪明的人……还这么好。"

他既高兴又有些羞耻。他闲聊是因为无事可做，是为了让自己开心，而她，似乎是非常认真地看待这一切。

但他……"我们来场浪漫吧"……他什么也没送给她，哪儿也没带她去……甚至没好好地听她说话。他想稍微弥补一下，哪怕是对她说句好听的话。

"阿列霞，你知道吗，如果你没结婚的话……"

"结婚?"她重复问道,"这就是这段婚姻的代价。"她从手上扯下戒指,从码头上扔到了水里。沃洛金大叫一声,下意识地往前一冲,想抓住戒指,差点儿摔倒。她笑着扶住他。

"人们扔硬币,为的是有一天还能再回到这里来,所以我也扔了点儿东西。我没什么丈夫,而且从来都没有过……"

原来,这就是她这一整个晚上一直想跟他坦承的事!其实,她的整个故事用几句话就能说完。上学的时候,她爱上了一个已婚男人,怀了他的孩子。他没离婚,她生下了小莉莎。"沃洛金,你可以想象到我过的什么日子,和他住在同一个村子,走同一条路,在同一家商场工作。总得忍受别人的目光,几乎每天都能见到他,还有他的妻子……而且无法逃避,无处可逃。"

她讲得简单、诚恳,就像讲给一个非常亲近的人一样。沃洛金不知所措地沉默了一会儿,然后问:

"为什么买戒指呢?"

"我自己也不知道为什么……为了让别人少纠缠我吧。那,咱们走吧,我担心孩子……送送我好吗?"她挽着他的胳膊。

往回走的时候,沃洛金一瞬间就全都想清楚了。

"你听我说,阿列霞……你必须拯救自己——这非常清楚!你听好:如果——我们就是假设一下,如果你遇到了一个比你大的人,在明斯克……不是我哈,其他人!他跟你求婚……带着你和女儿一起去明斯克。那么,他将会有一位年轻貌美的好妻子,有绝对的威信,舒适的家庭环境,而她——指的是你,会有首都的身份,会被从地狱中拯救出来……但重要的是，两个人随时都有分开的自由！就像合同一样。谁和谁都不存在任何捆绑的关系。当然了，那个人配不上你，他又老又爱唠叨，有他自己的习惯……他肯定不是坏人。如果遇到这样一个人，你会朝他走过去吗？"

她什么也没说，只是紧紧地握住了他的手指。沃洛金明白了：不是走，而是会奔向他。

长长的街道上有两盏路灯亮着，在街道的两头，而中间是黑的。沃洛金和阿列霞这时正巧走在黑暗处。

"那，好吧！"沃洛金命令着自己，"鼓起勇气！告诉她，这个人就站在你面前，这个人就是我，她等的就是这个！……"

但是，沃洛金一次次鼓足劲儿，嘴巴张了又张，一遍遍深吸气，最后还是什么也没说，也没求婚。或许，明天，明天之后还有明天……

他们走到了有光亮的地方，到了阿列霞家，就告别了。

"你会来送我们吗？"她用平常的语调问他，声音中既没有失望也没有埋怨。

"还用问吗？当然了！"

没白幻想那么多。晚上开始下起了倾盆大雨，一直下到第二天早上，电闪雷鸣，就算闭上眼睛都能看到闪电的白光。沃洛金没睡，他听着海的呼吼声、翻腾声、撞击声，这一切感觉那么近，就像院子里的风把窗前的老核桃树刮得噼啪作响。对他这样一个在内陆生活的人来说，有点儿可怕，就像是在等待着，大风眼看就要把这栋小屋连同他一起卷起来抛向闪电的白光里……

早上，他一起床就是个阴天，刮着风，让人感觉很不舒服。院子里有一些小水坑，花坛里也被混进了湿土。核桃树的大树枝被刮断了，倒在地上，上面还有没长成的核桃。

沃洛金准时来到小巴车这里，可是车站那里有人告诉他，那位带孩子的女士坐出租车走了！沃洛金甚至没想到，坐小巴的话就赶不上火车了。起初，他想赶紧去找个跑出租的……后来，他（胆小鬼，白俄罗斯的胆小鬼！）挥了挥手，慢慢地朝大海走去。

太让人沮丧了。但同时，他内心深处却感觉到一丝轻松，因为整整一晚上他都没能决定要跟她说什么。

经过一晚上暴风雨侵袭的海滩上几乎和他来时一样，低沉的乌云、海鸥的叫声、冰冷愤怒的大海、浪峰带着黄色泡沫的海浪翻滚的轰隆声……一个年轻的亚美尼亚人走到他身边，用责备的眼光看着沃洛金，带着哭腔说：

"太难过了！"他知道他想说的是：这么苦苦地等待着温暖的大海、太阳，他是多么期待这一切，终于来了……

沃洛金也觉得很难过，但不是因为这个。为什么他要一直说个不停？为什么要给她希望？真的是这样：人越老越坏……

是啊，越来越老了！是啊，生命所剩无几，越接近生命的尽头，就越没有意义……真的值得与她节外生枝吗？不惜代价多出来的却是几年糟糕的时光？不过其实也很简单：为了某个人牺牲掉生命最后的时光，让自己的内心和她更接近，去与她分享——这样对你自己也会更好，生命的意义也会显现出来，到老了临终前也会有人给你端杯水，其实死亡也没有那么可怕！

有可能，是对的？去那个村庄……做个好事……帮帮这个人，甚至是帮两个人……对你来说这算不上是牺牲，或者说很小的牺牲都算不上，而对于阿列霞和她女儿来说——就是幸福，是拯救。他失去什么了呢？自己所谓的自由？

她会同意，这也不是事实——沃洛金抓过救命稻草，但稻草没有救他。可还要怎么同意呢！不为自己，就算是为了女儿她也不会不同意。

十年后，他六十岁，她三十岁。他们会有一个快乐的家庭！如果是十年——哇！但有可能，就十个月……然后——难道他欠谁什么吗？难道生活教给他的东西还少吗？难道他为了获得平静和内心的宁静——这两个世界上最有价值的东西，投入的健康和精力还少吗？

还是不了吧！亲爱的人啊，你们还是过没有我的生活吧，你们知道，我已经无法从自己的壳里爬进你们的世界了——那个我已经很了解的世界！……

沃洛金这样思考着。但是无法平静，怎么也做不到像过去那样，把自己的小操纵杆调到简单生活带来的宁静、自私的快乐。

他还注意到，他是那么全神贯注地看着脚下潮湿的沙子，希望能从中看到金色的光芒。

蘑菇筐里的垃圾

阿列斯·卡尔柳克维奇[*]　孙凡奇 译　张惠芹 校

还在傍晚时分，斯塔西外公做起了去采蘑菇计划。实际上，阿廖沙和他妈妈从明斯克开车刚到，外婆就说起采蘑菇的事情，而且她还看了电视上的天气预报，说是会有阵雨。但外公已经打定了主意，他说：

"如果我们不去别墅的菜园，就去采蘑菇。今天，邻居们采回来两大筐白蘑菇，这种奇迹我可从未见过。啥也别说了，我们一定得去！"说罢，回头看一下外婆，"更何况

---

[*] 卡尔柳克维奇·亚历山大（阿列斯）·尼古拉耶维奇，1964出生于白俄罗斯明斯克州普霍维奇区，毕业于利沃夫高等军事政治学校新闻班。曾在白俄罗斯多家报社和新闻出版机构任职，2017年至2020年任白俄罗斯新闻部长。白俄罗斯、塔吉克斯坦、阿塞拜疆、亚美尼亚作家协会会员，2022年当选白俄罗斯作家协会主席。用白俄罗斯语和俄语发表大量文章，出版书籍100多本并被翻译成多国语言。曾荣获白俄罗斯共和国弗朗齐斯科·斯科林纳奖章、白俄罗斯总统"精神复兴"奖、独联体"友谊之星"奖等多个奖项。重视白中文学关系研究，在白俄罗斯报刊发表关于中国文学的文章约100篇，曾在中国期刊《俄罗斯文艺》上发表有关白俄罗斯文学的文章。

这种天气,菜地里也没什么好做的。用不着浇水,除草也没有意义……"

玛丽娜外婆默许了,于是便去准备衣服,给阿廖沙,还给他的妈妈娜达莉亚都准备了衣服。在凉台上给女儿和外孙找到了雨靴,把雨靴拿到走廊里。把外套也挂到进屋的门上,这几件外套从去年秋天起就和其他比较常穿的衣服混放在一起了,没有动过。

"我明天还是要去别墅的菜园,下雨那里也有要干的活儿。"外婆总结说,"所以我们明早收拾好一起动身,顺路把我放在菜园,而你们去老地方采蘑菇吧。据说,那里现在是名副其实的采蘑菇的天堂。这会儿先睡觉吧,我的亲人们。"

……虽然前往靶场的路途并不遥远,走的时间也不长,但阿廖沙在路上还是打了个盹。即使是这条有一半已经破损的、早就该维修的市区道路,也没能影响他睡觉。阿廖沙没听见外公唠叨这件事,外公是老铁路工人,好像哪儿的事他都想管。阿廖沙也没听见外婆在半路下车。可是一到树林里,阿廖沙就醒了。

汽车停在森林里的空地上,紧紧地挨着白桦树,贴得很紧,以免影响别人,万一谁要是跟过来呢。

下车后,外公给每一个人——女儿和外孙——各发了一个篮子和一把小刀。阿廖沙跟妈妈换了个稍大的筐,而妈妈则让姥爷给她一把平常用的大刀。

"我没法用小刀割大的白蘑菇。"

外公仔细地打量着阿廖沙,好像是在打量他的年龄。

"阿廖沙,去年你六年级刚毕业的时候,我们来过这里,采过杏菌。前年也来过,所以这片林子你应当记得。

所以，我建议我们分头沿着不同的小路找蘑菇。只是不要走太远，时不时要互相招呼一声。"

"阿廖沙，你不害怕吧？"妈妈问道。

"你还是自己注意别迷了路。"小伙子只是这样回应妈妈，他甚至还有点委屈地说，"妈妈，难道你忘了吗，我已经参加了两年的找目标的集体活动了……"但是，阿廖沙像一个真正的大人一样，没有纠缠这个话题，他第一个朝树丛走去。

雨只是稀稀拉拉下了几滴，并没有影响采摘蘑菇。阿廖沙按照他的外公、外婆和妈妈教的那样，使劲儿盯着每个灌木丛下面仔细看，围绕着树和老树墩转着看。他还仔细看着低洼处，那里有些地方已经积上了雨水，抬起已经匍在地面上的松树枝。

终于收获第一个蘑菇！一个又大又饱满的牛肝菌，说实话，这差不多是这片林中空地上石楠花灌木丛中唯一的蘑菇。接下来，无论阿廖沙再怎么努力，无论多么仔细地在草丛中搜寻，也一无所获。

小伙子继续前行。他从长辈那里得知，有助于采蘑菇的最好办法不仅仅是仔细，还要有好的腿脚。突然，他的目光在一棵老的白桦树旁捕获到了一个白色物体。他走近一看，竟是一个塑料袋，旁边还有一个罐头盒。阿廖沙将罐头盒包在袋子里，然后放进筐里。他想：不该把垃圾丢在森林里啊。

越往前走垃圾越多，蘑菇们好像故意不让他看见。几乎每往前走一百步，就能看到要么是一个塑料袋，要么是罐头盒，甚至还有一些塑料瓶。阿廖沙逐个捡起，他甚至庆幸自己要了一个大筐。小伙子在学校生物学成绩是优秀，他很清楚垃圾会给生态带来怎样的害处,有多少垃圾散落在森林里和灌木丛中、道路和河流旁!有一次,他甚至在课上提议,在每一次踏青之前,都应该给父母上一节环保课。当时,大家还差点嘲笑阿廖沙。尽管不久前,老师讲过一些事实,如果我们将地球上的所有垃圾均匀地平铺在地球表面,那么它的厚度将到我们膝盖那么高。这真的是非常可怕。

小伙子捡了满满一筐垃圾,然后掉头返回。他很快便找到了汽车。阿廖沙把筐放在了后备厢旁,又去了树林里。心想,哪怕采到几个白蘑菇或者是牛肝菌也好呀。马上外公和妈妈要满载而归,他感觉会有点不太好意思。但他还是没有碰上一个蘑菇。

当阿廖沙回到车旁时,外公和妈妈已经在那里了。

"阿廖沙,你知道是谁给我们拿来一筐垃圾吗?"斯塔西外公笑着问道,"难道真是你捡的吗?我和你妈妈每人可是采到了一筐白蘑菇啊……"

大概外公和妈妈已经商量过了。娜达莉亚·斯塔尼斯拉沃夫娜知道自己的儿子对环境污染有多么在意。就是在城里,他有时候也组织"星期六义务劳动"。就在不久前的一个周末,他在塞瓦斯托波尔公园过了半天,不仅捡了很多塑料瓶,还把各种各样的垃圾捡到了垃圾桶里。妈妈一点儿也没有埋怨儿子,因为她自己本身也是个很爱干净整洁的人——不只是家里整洁,楼道里,还有小区的院子也要整洁。

"外公,我们把这些垃圾送到市垃圾站吧。"阿廖沙请求外公。

妈妈笑而不语,而外公则试着和他辩论一下:

"我们不可能把树林里的所有垃圾都运走啊,最好还是人们别随便扔垃圾!"

"外公,你知道吗,塑料袋可是要一千年才能分解的,而玻璃瓶分解需要大约百万年。"

外公默默地把外孙拿来的垃圾放进后备厢,然后转向随行的俩人,简单说道:

"上车吧,走了,外婆还等着呢。在别墅我们再挑选一下蘑菇,清理一下。而去别墅之前,我们先顺便去一下市里的垃圾站,扔掉这些垃圾……"

冬神的眼睛

尤利娅·阿列伊琴科[*] 辛萌 译

玛丽卡喜欢冬天,喜欢到忘我,甚至让自己感到痛苦的地步。她喜欢发梢变得灰白,像外婆那样,喜欢暖暖的哈气从嘴里冒出来。喜欢胸腔里的空气仿佛凝成一团小球,热热地涌上喉咙。喜欢把冰冷的双手放在暖气上去感受似乎被成百上千根小针刺痛的感觉。但她最喜欢的是凝视(严冬的)夜空。夏天,她不喜欢……不知为什么,深邃漆黑而又布满刺眼星辰的夜空,总是让玛丽卡又怕又好奇。外婆曾经告诉她,星星是眼睛,是那些已经逝去了的或尚未出生的人的眼睛。那是成千上万双好奇的眼睛!他们都看得见你,看得见困倦的、无助的你。

---

[*] 阿列伊琴科·尤利娅·亚历山大洛芙娜,1991年出生于维捷布斯克州奥尔沙市,毕业于白俄罗斯国立大学语文系,获博士学位。曾担任火焰杂志社诗歌部编辑和秘书,现为《涅曼》杂志主编。著有诗集《魔术杯下》和翻译作品集《头发里的风》。国际青年作家"报春花"大赛(2016年)和国家文学奖(2018年)获得者。作品已被翻译成俄语、乌克兰语、塞尔维亚语、汉语、阿塞拜疆语和其他语言。

"所以晚上一定要关好窗户,好不让任何人看你!"到晚上,敏捷的外婆就会这样命令她,一边绕着屋子走一圈,收拾好散落的东西,关上抽屉,整理好桌布。有时,当她抚摸着玛丽卡的头发时,也会突然变成充满爱的老小孩儿。如果玛丽卡恳求,她也会轻声地给她唱首歌,关于古老花园的,关于战争的,关于雅西的歌。

玛丽卡喜欢听那些歌,尽管所有的歌她都熟知,甚至都能唱出来。外婆颤抖的声音像海浪,她就在这浪里越来越近地游向天上的星星。她看到其中最大的星星是一个人的眼睛,他的脚走在地上,而头却在云里。这个人很善良,玛丽卡能感觉到。他想拥抱玛丽卡,却做不到,因为和他相比,玛丽卡太渺小了,他会把她挤扁了的。这个人坚定地走过雪地。他得在这一夜之内走遍整个地球,看看人们生活得好不好。月牙儿钩住了树枝,雪越刮越大。而冬神却没有停下脚步……

是他,玛丽卡马上就明白过来了。在学校,有人给她们讲过一个叫久嘉的老人的故事,他一身洁白,他是严寒之神。祖先们想象之中的久嘉就是这样的。他赤脚在院子里行走,用木槌敲打着墙壁,给人们带来风雪和严寒。她还会和妈妈一起向圣像画上的那个神祈祷。他英俊、消瘦、严肃,对每个人的一切都十分了解。"他爱你。"妈妈经常重复这句话。她还说,神可以是火,是鸟,是思想。神在我们每个人的身体里。那为什么他就不能在雪里、风里、星星里呢?当然会啊!他高大、善良,无所不在。春天,他就变成另一副模样。夏天,秋天……但是,玛丽卡只有在冬天才能梦到他。冬神不止一次保护过她……

玛丽卡的爸爸去世的时候,正值闷热多雨的五月。父亲又去出差了。他开始被频繁派去出差，而且还都是很突然。那天，妈妈还开玩笑说，总是来不及给他烤馅饼送行。每次爸爸走的时候，她都在关上的门里站好久，偷偷地抹眼泪。但是，说也奇怪，最后一次送爸爸出差的时候，她却很开心地忙来忙去，哼着歌，熨平爸爸的西服，娇媚地摆弄着头发。爸爸答应妈妈，回来后带她去敖德萨，去他们的相识之地故地重游。好像有个重要的日子快要到了——共同生活十五个春秋！于是，妈妈就一直在家里等。直到那天在电视上听到新闻："地铁爆炸。二十人重伤，七人当场死亡……"

之后发生的事，玛丽卡的记忆已经很模糊。无休止的电话、眼泪，家里不断的陌生人，哀悼、花环、陌生的气味，甚至到现在，似乎还能感觉得到……

"小姑娘在葬礼上坚持得很好，手里一直抓着蜡烛不放，小脸儿很严肃，好像她什么都明白似的！"事后，爸爸的表妹这样说，玛丽卡并不认识她。但是，为什么是"好像"呢？她是真的什么都明白了。如果爸爸被人们用土埋上，那他永远都不会再回来了，不会再给玛丽卡带回公鸡糖或橘子了。也不会再邀请妈妈去跳舞了，他们以前多么喜欢一起跳舞啊！爸爸再也不会因为她得二分而批评她了，或者因为她画了一幅漂亮的画而夸奖她了。永远都不会了！这些可怕的字眼让玛丽卡鼻子发痒，喉咙发干，她想逃离那些同情她这个"可怜的孤儿"的善良的人们，逃得远远的。玛丽卡也确实经常逃走。她逃课，疏远那些她并不认识的七大姑八大姨，还有那些并不理解她为什么不再和他们一起说笑了的朋友……五月，漫长而悲伤的夏天和秋天就这样过去了，学校集会和家长会上不再有爸爸的身影。

而妈妈……妈妈也变了一个人，变得安静、冷漠、无精打采。她经常忘记洗碗，忘记做饭，忘记带玛丽卡去训练。她总是一个人待在自己的房间里，双眼空洞无神地盯着无声的电视屏幕。"别打扰我！"女儿找妈妈有事，妈妈总是生着气这样回答。然后就和她一起哭，并求她原谅。

直到冬天，一切才有所好转。妈妈的姐姐来了。开朗、高大，但很爱动的塔玛拉姨妈。她并不同情玛丽卡，相反，玛丽卡做得不对的时候她会责骂，并强迫她收拾整个屋子。但是，她没有恶意，总是带着开玩笑的口吻，一手攥着鞭子，一手拿着蜜糖点心，赏罚分明。她还讲了多少有趣的故事啊！讲她的青春岁月，讲上大学时的惊险故事，还有她有名的画家朋友们。因为，姨妈年轻的时候学的就是绘画。她举办过备受瞩目的画展，也得到过广泛的认可……后来，她放弃了这一切，开始经商，忙碌家庭琐事。但绘画的天赋还在！所以，她教玛丽卡画冬天的景色，画放在盘子上的苹果，还有在五颜六色的地毯上的鞋子……

和姨妈在一起，妈妈也振作了起来，变得开心了，又开始做自己的拿手菜——肉饼和馅饼。下班回来很早，她甚至还会和姨妈一起去看电影。她俩还一起准备迎接新年。对了，妈妈还无意中说过，今年本不应该庆祝新年的。

但是，塔玛拉姨妈立刻冲她吼："你什么意思，难道想把你亲生女儿的这点儿快乐也夺走吗？"于是，妈妈便不再反对。

12月31日，妈妈和姨妈神秘失踪了。玛丽卡独自坐在已经收拾好的、充满节日气氛的房间里等着她们。一个小时，两个小时，三个小时……一开始，玛丽卡还能平静地画雪堆成的马,看看书,听听音乐,后来真的着急了。"如果妈妈也出事儿了怎么办?如果只剩下我自己了怎么办?"不安的想法像讨厌的苍蝇一样在她的脑袋里嗡嗡作响,让她无法冷静下来。她几次走到门前,等待着:门应该马上就会开的。然后又突然跑到窗前,望着铺满雪、摆着人造圣诞树的院子,一直望到眼睛发痛。可一个人也没有!只有压抑的寂静在屋内萦绕……

"妈妈,你快回来!妈妈,你快回来!"惊慌的玛丽卡已经开始大声呼喊。这时候,她突然想起了他——高大、善良、无所不能的冬神!冬神正在看着她,最早亮起的星星已经出现在夜空……片刻之后,柔弱的小玛丽卡爬上宽宽的窗台。"上帝,仁慈的上帝啊,把妈妈还给我吧!我再也不跟她吵架了!我帮她干活儿!还会改掉所有的缺点……"小姑娘再也忍不住了,痛哭流涕,号啕大哭。

"女儿,你在那儿做什么?"妈妈一把扯下围巾,跑向窗户,"你吓死我了!"

"你,也把我吓坏了!"玛丽卡虽然哭红了眼睛,但心里满是幸福。

这时,过道里传来小声低语和压低声音吼叫的声音。

"是谁?"玛丽卡兴奋地问道,似乎预感到了一个巨大的惊喜。

"谁?是你的新朋友啊。你准备给它取个什么名字啊?"塔玛拉姨妈一边说着,一边把一只好笑的、笨笨的小狗带进了房间。

……拉尔夫不是每天,简直就是每时每刻都在成长。虽然它也患过一些小病,但这对小狗来说是很正常的。玛丽卡耐心地为它点滴剂、补充维生素,给它梳毛。对小狗的关爱，拉近了母女俩之间的距离。妈妈也喜欢上了这只机灵的小狗。当她看见拉尔夫又闹出什么新的恶作剧时，总忍不住哈哈大笑。过了一个月，拉尔夫就已经能跳过院子里的雪堆，到处撒欢儿了。朋友们都羡慕玛丽卡：有一条这么帅气的小狗做朋友！拉尔夫也的确长成了一条帅气的大拉布拉多，毛又黑又亮。它学会了握手，而且还仿佛带着笑意看着人的眼睛。有时，如果玛丽卡感觉无聊，拉尔夫就会跑到她身边，把头放在玛丽卡的膝盖上，表达发自内心的同情。夏天，它和玛丽卡一起去河边玩儿，游泳，或者在水里接球，玩儿完了以后它就会滑稽地打着喷嚏，在岸上抖掉身上的水。

但是，又到了九月。玛丽卡变得严肃了，像大姑娘了，上七年级了。课程表中加入了一些新的科目，每天上课时间也延长了。有时，如果女儿需要准备小测验或者写作文，那么妈妈就会代替她陪拉尔夫散步。有一天，妈妈散步回来很晚，她惊惶不安，双手不停地颤抖。

"妈妈，怎么了？拉尔夫呢？"玛丽卡喊道。

妈妈走到书桌旁，伤心地抱着女儿。

"对不起，亲爱的，再也见不到拉尔夫了。是我的错，是我没有把它保护好。"妈妈放声痛哭，难以忍住内心的悲痛。

原来，由于拉尔夫力气太大，妈妈没牵住，所以它挣脱皮绳，跑到了车道上，而迎面恰巧驶来一辆厢式货车。

那天晚上，玛丽卡因过度悲伤发了高烧。医院的医生说，女孩儿神经衰弱，并告诉她该吃什么药。回到家，玛丽卡双眼无神地盯着天花板，一句话也不说。而康复了之后，在学校，玛丽卡也是把自己封闭起来，除了上课回答老师问题外，和其他人也不再交流。妈妈非常担心，经常打电话询问塔玛拉姨妈和外婆，商量女儿的事该怎么办。

"有什么好大惊小怪的？"外婆同情地回答，"她在这么短的时间里经历这么多痛苦，需要好好对她才能治好她的病，好好地。放寒假把她送我这儿来，我一定能让我的小外孙女儿开心起来。"

……玛丽卡躺在乡下木屋温暖的被窝里，听着外婆手里的勺子叮当作响。过一会儿，圣诞节馅饼香辣的让人兴奋的味道就飘进了房间，让她一下子从床上坐起身，跑进厨房。

"怎么？睡不着了吧，躺不住了吧？"外婆笑着问，她的脸都被炉火烤得红扑扑的。"先休息会儿吧，馅饼还没烤好呢，一会儿我们去教堂做礼拜。你不知道，现在教堂可漂亮了！所有人都很高兴，因为我们的救世主就是在这一天诞生的。"

外婆和小孙女儿走过厚厚的雪地。周围好美！杉树的小树枝像一双双沾满雪花儿的小手，竭力地向上举着，想抓住树的领口。天空中，在一片透明的云朵背后露出一轮弯月。家家户户的窗户也都闪烁着节日欢乐的灯光。玛丽卡喜欢看着那些窗户，看着屋子里面人们开心的面孔和各式各样的陈设。而外婆一如既往地讲着伯利恒之星和智者贤人的传奇故事。教堂里非常暖和，蜡烛不时发出有节律的噼啪声。玛丽卡摆上自己攒钱买的蜡烛，以告慰父亲的在天之灵。做完礼拜，仔细观看着圣像，看着看着就有点儿开始打瞌睡了。外婆看到后小声地对她说：

"走吧走吧，我亲爱的小助手。忙了一天，你也累了。"

……在外婆声音的浪花中，玛丽卡飞上了漆黑的天空，看到了那双朝夕思慕的、大大的眼睛。

"上帝，为什么我总是失去最宝贵的东西？"玛丽卡惊慌失措地问道。

"以后不会再失去了！我预言你会过上幸福生活。"冬神一边大声回答着，一边急着赶路，急着继续穿过童话森林……

我想挣脱牢笼

尤利娅·阿列伊琴科 辛萌 译

"嗨!咱们今天走吗?"
"哈喽!当然!七点钟,街上见。"
"带着烟,细支的!"
"好,我随身带着呢。"

塔尼亚把无聊的化学笔记本放在一边,放了一首《我想挣脱牢笼》,然后打开一个大衣柜。皱皱巴巴的连衣裙、牛仔裤、上衣从宽敞的衣柜里飞出来……就是这条,她就是穿着这条带亮线的裙子去参加瓦季姆的生日宴的。那天,他还把她送回了家……这条裙子本来是妈妈的,塔尼亚悄悄地把它"偷"走了,就没再还回去。今天穿什么好呢?季雅娜要邀请自己的朋友们去散步。"你知道吗,去的都是真正意义上的男人,开跑车的男人,而不是小屁孩儿……"塔尼亚特别希望自己能成为季雅娜朋友圈中的一员,她也确实做到了。对于她这个被叫了好多年"书呆子"的人来说,这已经是很大的胜利了。确实,那些家伙越来越爱找季雅娜玩儿了,就连她也一起带着了,带她一起去咖啡馆或俱乐部。经过长时间的争吵,她甚至说服了妈妈,允许她在十一点以后回来。可不是开玩笑,她马上就中学毕业了!

……塔尼亚又从家里跑了出来,穿着紧身牛仔裤,短上衣,深红色镶边的夹克。她出来晚了,差点儿没赶上公交车,上了车就平静地去了和平大街。人们都走在下班回家的路上,她姨妈也是。

"塔尼亚,你穿成这样(当然了,她指的是夹克)不会冷吗?"

"不会的,斯韦塔姨妈,我就是去老师家补习,然后就回家了……"

实际上,她去了他们平时聚会的地方——城市公园,就在和平大街旁边。没等到细支烟,季雅娜一边喝着塑料杯装的咖啡,一边抽着普通的烟……塔尼亚藏在树后,从季雅娜手中拿过打火机,吸了一口烟,然后吐向无聊冬日的天空。

"啊,真好啊!哪怕就今天放松放松也好啊,妈妈已经提醒我要考试的事儿了。"

"可别说了……今天,物理老师又来黏我了,能想象出来吗?我在黑板上写字,他把着我拿着粉笔的手,让我写得更有力。就在这时候,我们班主任进来了。她喜欢物理老师!她愤怒地扫了我一眼!"

"唉,我看你的俄语分数不会太高的!"

"没事儿,考砸就考砸吧!"

刺耳的刹车声打断了她们的谈话。公园附近停下了一辆黑色汽车,响亮的音乐打破了寂静。

"美女们,走不走?"

塔尼亚和季雅娜听着几个老爷们儿讲的搞笑故事(那

些还真的是老爷们儿，怎么也有30多岁了），假笑着。她们感觉浑身不自在，还有点儿害怕，但是已经不好拒绝了。其中一个男人，帕沙，大家都叫他"帕时捷特"（意思是酥皮大馅饼），他块头很大，穿着皮夹克，手上戴着一个刻着图章的金戒指，拥着塔尼亚坐在后座上。他身上散发着刺鼻的古龙水和白兰地的味道。塔尼亚想把他的手推开，但哪里推得动呢！

很快，他们来到新区的一幢灰色高楼前。高楼后边是一片树林，塔尼亚小时候和父母还在那儿散过步。她还把新娃娃弄丢了，回家的时候哭了一路……

在电梯里，帕沙和阿尔乔姆（他也是一样的高大、强硬）不知怎么的，很奇怪地交换着眼神，默默地笑着。到了房间里，他们就开始开玩笑，桌子上摆着酒，两个女孩儿帮忙切凉菜。坐在桌旁，塔尼亚就稍微平静了一些。男人们看着电视，问两个小姑娘在哪儿上学，休息的时候都去哪儿。当然，她们俩编着瞎话回答着……聊大学、兼职、熟人。她们回答得自然又流畅，因为她们早就编好了。高脚杯倒满一杯又一杯，脑袋越来越沉，而思维却相反，感觉越来越活跃，越来越失控。

"我去阳台抽烟。塔尼亚，过来。"帕沙一个劲儿叫她。

紫色的、沉重的天空又刮起了雪，寒风在窗户的缝隙间呼啸。幸好他们在屋子里……阳台上摆满了长长的一排食材：白菜、黄瓜、匈牙利红椒炖菜……追随着女孩儿的目光，帕沙笑着强调说：

"都是妈妈传给我的。我懒，她一直把我当小孩儿。但她总来我这儿！上次毕业生聚会，我还带她去了呢——大伙儿都称赞我妈。中学毕业都十五年了……"

然后，他把烟头熄灭，自信而用力地把塔尼亚搂入怀中，吮吸她的嘴唇。塔尼亚希望他能温柔一点儿，而他却霸道地把手伸进衣服里，把她堵到角落。塔尼亚好不容易挣脱了出来，赶紧回到房间里。季雅娜和阿尔乔姆在沙发上热吻。

"我可能得走了。"塔尼亚惊慌失措地说，"我没带家门的钥匙，得去拿一趟，再不去就晚了……"

帕时捷特很生气，坚决地请求她留下来，在他这儿过夜。塔尼亚似乎无动于衷，慢悠悠地系着围巾，还期待着他们能送她回去。但是，狂怒的帕沙并没打算送她。

……塔尼亚走到了车站。风撕扯着马戏团夏季巡演的旧海报，花花绿绿的海报在寒风刺骨的夜里飘着。当然，她要去的那个方向早已经没有公交车了。姑娘双手捂着脸，试图遮挡风雪，小步地往前跑。不过还好，过了大概二十分钟，就到家了。她蹑手蹑脚，生怕把妈妈吵醒，快点睡着吧，忘记这个愚蠢的夜晚，忘记那讨厌的吻，还有他粗暴的抚摸……

脸上的泪水很快就干了。云层后露出一轮新月。地板上，月光映出的小方格处似乎有小苍蝇还在玩耍着……墙上，一些奇奇怪怪的影子在游走。塔尼亚安心地躺在自己的床上并期待着，期待明天一切都会变得不同……

祈 祷

奥列格·日丹-普希金* 辛萌 译

作家雅·雅①走进了书店,他一下子没了心情:他的书在书架上搁置了整整一年,现在仍然在其他书籍的挤压下立在那里,看起来那些书也不是很畅销。他从旁边走过,假装自己与这本书毫无关系。他去了儿童书籍的架子,那里也有他一本薄薄的书。这本书至今也仍然没什么人买。

"您需要帮助吗?"一个年轻的女售货员走到他面前问道。

"不、不。"他匆匆挥下手说。

再就没有人注意他了。该死的读者,他们去超市和百

---

* 普希金·奥列格·阿列克谢耶维奇(笔名奥列格·日丹、奥列格·日丹-普希金),1938年生于斯摩棱斯克市,毕业于莫吉廖夫国立大学、高尔基文学学院、苏联国家电影局编剧和导演高级培训班。著作有《熟人》《做客和在家》《大公、皇后、主教》《白俄罗斯人》《天才》等,著有多部话剧和电影剧本,作品曾发表在《涅曼》《火焰》《新世界》《旗帜》《民族友谊》《青年》等杂志上。曾获民族友谊杂志奖、火焰杂志奖、"金骑士"大赛金文学奖、白俄罗斯国家奖(2019年)。现定居明斯克。

① 俄语中"雅"的发音与"我"的发音相近,作者以此暗指自己(译者注)。

货商店,买一冰箱的肉和一衣柜的时髦衣服,但是为了有点儿文化拿出十个卢布就不行。

电话响了。

"你在哪儿?"妻子问道。

"在公园。"他回答说,不想承认在书店。

"买点牛奶和面包。"

"好的。"

"再随便买个蛋糕。看好了,一定要新鲜。妈妈要来。"

妈妈,指的是岳母。心情变得更差了。岳母总是认为并且毫不客气地说他这是在浪费时间,不干正事。总之,在当今,写作并不是个正业。可能她也常来这家书店,看见过他的少人问津的书。她自认为是知识分子,因此对小说感兴趣。他好像真的看到她站在书架前,脸上挂着怀疑的微笑。她几乎做了一辈子中学校长,退休后还继续有当校长的感觉。以前普通老师得多讨厌她!他心想,心情已经好了很多。现在,他仁慈地朝放着他的小书的书架看了一眼。看起来装帧还不错,是由白俄罗斯著名艺术家斯维特兰娜·雷日科娃设计的。

就要走出书店的时候,他遇到了达莎·梁赞彩娃。两人相互问了好。她一如从前一样漂亮。有一次,他还邀请她去了咖啡馆,两人之间曾擦出过一些火花……据传闻,在开始写作之初,她和所有编辑、所有有影响力的中青年作家睡了个遍,因此获得了他们的支持,或者至少受到了他们的保护以免受居心不良者刁难。当然,这都是谎言,只是因为她有才华。

"你怎么样?"她轻声地问,好像他们之间曾经有过什么关系。

"不好不坏吧。"雅·雅也同样意味深长地回答。她摇了摇头,意思是,她懂。

"那你呢?"

"你还不知道吗?我要去莫斯科了。"

"怎么!你要结婚了是吗?"

"不……我只是明白了:在这里,没有人需要只会讲俄语的我。是的,我是亲俄者。我爱俄罗斯。那里有什么好事,对我就是一种喜悦。没有俄罗斯,我会很难过。他们在那里吵架、和解、打仗,我很羡慕他们,我也想参与其中。我是俄罗斯人,我的父母毕业后就被分配到了这里。"

这个消息足以给他留下深刻的印象:他也曾经想过去莫斯科。但是,他做不了决定。没办法,有时很多事对女人来说更简单。达莎长得漂亮,会有人庇护,而且她很有才华,肯定能谋求个好地方。

走进商店的时候,他满脑子还是刚才的见面。莫斯科!哦,莫斯科!……一个造星的城市,这些星有真有假。他有几个朋友,都决定搬到那里去。就是,谁都不会没有活路……谁都不会。但是,他也许就会没有活路……也许,也许不会……可干吗要走呢,如果祖国是白俄罗斯,如果妈妈在这里,朋友在这里,甚至敌人也在这里。那里,敌人也可能会出现,而且还会是新的陌生的敌人,因此特别危险,而这里的敌人几乎都成了朋友。人熟为宝。一切从头开始是令人恐惧的,这是很主要的。一年前,他带着自己的小书去莫斯科参加书展。也就在那时,他被各种犹豫所折磨:搬走,还是不搬?回来时,他的心情很沉重。不,不是因为他的书没有引起任何人的注意,而是……他所住的酒店位于市中心,是一个老房子,房间还不错,床宽大且舒适,厚厚的墙壁保障了屋内的寂静,但是,翻来覆去三个小时睡不着，就起来走到街上。整座大城市似乎都在很有威胁性和进攻性地嗡嗡作响！……让他不想接受它。

不能搬到这里来！那天晚上，他就决定了。

此外，一想到要搬家，就开始从灵魂深处传出像乡村木屋里的蟋蟀那样单调的哀鸣：白——俄——罗——斯，白——俄——罗——斯……算了，假如搬走了，这蟋蟀将怎么活？住在哪儿？但是，现在这也无关紧要，因为蟋蟀早就沉寂了。

他在这种回忆和犹豫中在商店里走着。还需要给亲爱的岳母买点什么呢？她似乎喜欢酥糖……要不买点果酱？

两样都买了。接下来是买蛋糕。

在收款台排队时，突然有人把手放在他的肩膀上。回头一看，原来是索洛涅茨，中坚一代成功作家，作品有的是用俄语写的，也有的是用白俄罗斯语写的。平时，他总是说白俄罗斯语。其实，也并非总是。雅·雅有一次在一家超市里就见证了一个闹哄哄的场面，其中主要的参与者就是索洛涅茨，他用俄语闹事。还和他曾心仪的年轻女孩子说俄语。

"等我一下。"索洛涅茨说。

他等了。但是，他们没有什么话好说：在各个出版社所取得的成绩差别迥异。索洛涅茨身材高大，肥胖，此外，他还有一个一直就有的言语缺陷，他无法清晰地发出俄语中的颤音，你必须仔细听。他可能还受糖尿病的困扰，因为近年来他一半的牙齿都掉了。几乎每次见面，他都会抱怨自己不能吃肉，张开嘴巴露出牙根儿。当然，牙齿是一个重要问题需要关注，但是索洛涅茨喜欢交谈，还把这种交谈强加于你，这很烦人。

顺便说一句,岳母还是校长时,他到学校找过她,所以她记得他。

"如果都不能挣钱糊口,算什么作家?"她提过这样的问题,"不要再做对生活没有帮助的工作了。不要写了!我没写作,卡佳也没写作。感谢上帝,绝大多数人都没有写作。您也不要再写了。"岳母到现在仍然和他时而称"你",时而称"您"。

她的话似乎很愚蠢,也很伤人,尽管他长期以来也一直怀疑没有做自己该做的事。但是,生命的三分之一已经过去,现在改变任何东西都为时已晚。我们必须以某种方式去适应它。完全有可能,有一天,一个幸福的情节也会降临在他的身上。文学史上这样的事还少吗?至少他自己的短篇小说《决斗》就是这样的!谁能说他没能成功地讲述了一个爱情故事?

情绪立刻又上升了一个等级,他振奋地朝家走去,去见他亲爱的岳母。他买的蛋糕又贵又大,让她吃得高兴就行!可是,还是必须遵守一个度。有一次,他买了太大的蛋糕,把阿尔宾娜·格里高利耶芙娜给得罪了。她认为这样的礼物是对她弱点的一种嘲讽。

短篇小说《决斗》对他来说是一个成功,但它不是构筑在才华横溢的情节之上,而是建立在回忆基础上的。一个让人意想不到的、给人以幻想空间的情节是他一直以来的梦想。尽管他已经写了十部短篇小说,并且如前所述出版了一本书,但他明白,那种一出现就能瞬间把人征服的情节,就像被一个不同寻常的女人征服那样,他还没有过。儿童书籍也是如此。去娱乐和取悦读者,和对待女人一样。当然,有些东西在头脑中也有过,但让他自己都感到震惊的情节却从来没有过。

满怀对一个理想情节的梦想,他开始了写作生涯。心里在祈祷:"主啊,帮帮我,给我一个好情节吧!我保证不会骗你,不会辜负你的信任,我会好好写,让故事更有趣。你不会后悔的!帮帮我!是你给了我这种希望和信念,是你把我其他的路都堵死了。因此,不要遗忘和忽视我,帮帮我!"但是,上帝一直沉默着,要么是对年轻作家冷漠,要么就是对小说冷漠。

但是,他是多想写一个好故事啊!如果不是上帝,那至少让生活或机遇馈赠给他一个好的情节吧。唯一一个!一次,只有一次,然后他就自己……让好的情节降临吧!他会充满无限的感激和幸福!如果有随机数定律,那也一定应该有一个随机情节定律!应该有!难道托尔斯泰、果戈理、契诃夫作品的情节不是偶然的吗?……或是弗拉基米尔·卡拉特基耶维奇?或者贝科夫?没什么说的!仔细想,所有伟大的故事情节都是偶然的,作者没有什么值得骄傲的。原因很简单:情节才是上帝。

岳母住在城市的另一边,周末定期来。蛋糕对她来说是必不可少的。事实是,这个严厉的女人在甜食方面有一个不同寻常的弱点,你没看她吞咽蛋糕或甜饼的样子呢,根本就停不下来。妻子卡佳对此感到有些尴尬,阿尔宾娜·格里高利耶芙娜一走,她就解释说,对甜食的不可抑制的需求是一种疾病,也许是低血糖。但是总的来说,她的健康状况非常好,不知她为什么退休,以她对权力的欲望本还可以继续让老师们的生活不得安宁,但是经过四十年的教育生涯,她让老师们,包括教育界的领导也感到厌烦了。她是不甘心做一名普通老师吧,你们说错了,人家说了,今天对老师的要求太多了——知识、才干和耐心。也就是说,她承认自己几乎没有这些品质。

她教过俄语和文学,她自视为专家,喜欢谈论当今的文学。当然,没见过好作家。得承认,也曾经有几个年轻俄罗斯和白俄罗斯作家的名字让她充满了希望。当然,她的女婿肯定不在其中。

阿尔宾娜·格里高利耶芙娜一如既往地在午饭前到来。她用平底锅带来了夹肉薄饼,这是她的拿手菜之一。雅·雅拿起盖子,闻了一下,尽管称赞了饼的味道,但是岳母不喜欢这种做法。她皱着眉头,说没有什么好伸出鼻子的,等给你放盘子里,那你再尽情地闻。但是,她心情还是很好的。

"你那本新小说怎么样了?"她问道,甚至还笑了笑,"还写呢?"

"写呢。"

"写也白写。有很多其他事情可以做,别再干这个了。你会看到一切有多美好。独立和自由,才是正确的选择。"

"可我没感觉不独立啊,"雅·雅反驳说,"按照定义,作家属于自由人。"

"可是,这要看怎么说。恰好相反,作家受制于地球上的一切,编辑、出版社、读者……最后,还有其他作家,也就是周围情势……太可怕了!"

谈到文学时,卡佳始终保持沉默,站在任何一边都意味着更加剧这种争端。尽管雅·雅也曾感觉她认为最好还是想出一个别的事,能挣点钱回来。

"说的都对。"雅·雅也赞同,"但是,作家有另一种自由:他自己可以选择写作的内容和方式。几乎所有其他职业……"

"哈哈！"阿尔宾娜·格里高利耶芙娜打断了这样的高谈阔论，"他选择！商店里，大家选择的是鱼，而不是故事情节。"

这和鱼有什么关系？雅·雅心想，但什么也没说。想回答的时候已经晚了，对于岳母的异议本来还有一些没说出来的想法，只能以后找机会了。总体而言，午餐进行得很顺利，很可能是因为桌子中央高耸着一个昂贵的蛋糕。阿尔宾娜·格里高利耶芙娜瞥了他一眼，脸色变得善良了好多。可能一开始就应该从蛋糕说起。其实，夹肉的薄饼也不错。

一进屋，阿尔宾娜·格里高利耶芙娜就像主人一样环顾了一遍屋子，对此她有充分的理由。她曾经有一个宽敞的三居室，但是在女儿结婚后，她卖掉了房子，并在一家建筑合作社给年轻人买了两居室，在郊区给自己购买了一个一居室。雅·雅和卡佳有一次去看她，被房子里的氛围惊住了：光秃秃的墙壁，空荡荡的厨房，床上的床单塞进床里，连床罩也没有。他们为了看她专门跑到另一个区，而阿尔宾娜·格里高利耶芙娜还很不满意。此外，冰箱竟然是空的，除了糖和面包干儿，喝茶都没有东西可以吃，谢天谢地，卡佳想到了，所以买了几个馅饼。她和伊万·彼得罗维奇婚姻短暂的又一个原因也很清楚了：她几乎不重视日常生活。现在，养老金花剩下的所有钱都转移给了她的女儿。从前是工作填补了她的生活，那现在就是卡佳的生活。

雅·雅以前在某部门的报社工作，这已经足以让阿尔宾娜·格里高利耶芙娜既怀疑又讽刺了。因为在她看来，只有在国家出版单位工作才行。此外，去年，为了写一部长篇小说，他开始拿一半工资，这给人感觉他的突发奇想好像很与众不同。

"怎么会这样，一半工资？"她问道，"那一日三餐靠一半工资怎么解决？您的男人夜间的乐趣也减半吗？"

在阿尔宾娜·格里高利耶芙娜的概念里，男人的工作应该是领导大众或承担重任。

"您还年轻，想过自己未来的前途吗？……您需要干一番事业，而不是写小说！"

她是对的：小说停在了第十页，可连一个暂时的名字都没想出来。

"有这么一位忠实的妻子，你很幸运！"

这句话里其实隐含着对去年发生的故事的一个模糊影射。卡佳当时是老师，她在一家贵族中学担任五年级的班主任，突然开始回家很晚。而且频率越来越高，通常每周都是星期三，说是这个班对她来说是个新班级，需要认识学生父母和熟悉孩子们的生活条件。有一天，他一醒来，感觉自己正在被一种被人遗忘的和忌妒的感觉腐蚀着。他很快就开始坚信，卡佳对自己不忠。应该验证一下。那是十一月，天又潮又短，一年中最无聊且没有归属感的时节，还没到学校，天就已经黑了。他躲在拐角处的某个地方，等着卡佳出来，然后就紧跟着她。可是，跟踪最后以失败告终：她有时走路，有时坐公共汽车和无轨电车。还有一次，在学校耽搁很晚，最后雅·雅失去了耐心自己走了。也许她是跟学校的某个体育老师？跟校长？可是，校长是个女的。

卡佳说："今天，在中学附近，我看到一个人长得和你特别像……我都想叫他了。"从那以后,他的行为举止更加谨慎,保持很远的距离,却还是碰见了。"真巧啊!你在这干什么?""等你。""奇怪。"他们一起回家。整个晚上,卡佳都是若有所思的样子。"你也许怀疑我有什么事吧?你吃醋了吧?""你还想说什么!"他大叫着。卡佳微笑着:她甚至喜欢这种可能性,直到现在这种经典的感觉在他们的家庭里还没有出现过。显然,她与母亲分享了自己的猜测。

"您真幸运,真幸运!"阿尔宾娜·格里高利耶芙娜喊道,几乎每次告别前都要给他的意识和潜意识中灌输这种想法,希望在她下次再来之前他能一直记着。"多好的女人!您明白吧?""当然!"他精神百倍地回答道。可是,这种欣然赞同她却不喜欢,她还想扩展一下这个话题:"您什么都不明白!只有当失去时才会明白的!我不明白你是怎么把她骗到手的!"卡佳大声笑着,想把这一切都当玩笑化解掉。

她随意地切着蛋糕,而阿尔宾娜·格里高利耶芙娜仔细地盯着这把刀,你都可以听到她大声吞咽口水的声音。

"父亲没打过电话?"卡佳突然问道,完全是另一种平和的声音。

"没有。"

"明天是他的生日。"

"我知道。"

"那你给他打个电话。"

"你自己不想打一个吗?"

"不想。"

卡佳是个迟来的孩子。他们很早就结婚了,但是阿尔宾娜·格里高利耶芙娜很长时间不想要孩子。起初，她认为自己需要在学校这个集体中站稳脚跟，过两年她出人意料地成了教导主任，又过三年当上了校长。到了这个时候，他们婚姻稳定的基础已经丧失殆尽，但是阿尔宾娜·格里高利耶芙娜并没有说她怀孕了，她的自爱没有底线。当伊万·彼得罗维奇被女儿问到为什么离开家庭时，他笑着回答："你的母亲非常懂得如何生活。"

他经常去看望她们，在他生日前一天一定去她们那里，而生日却和朋友们一同庆祝。伊万·彼得罗维奇是职业平面画家，在白俄罗斯颇有名气，天性并不是一个无聊的人。如果与阿尔宾娜·格里高利耶芙娜的意见相左，他总是善意地和她说话，面带微笑地看着她，但他的前妻不喜欢这样，她会很生气。

她总是狠狠地耸耸肩，然后宣布："我在生活中找不到任何好笑的事。"但是，伊万·彼得罗维奇总是继续微笑着。

他一直微笑到他们共同生活的最后一天。他是一位优秀的画家，很快就广受欢迎，并在明斯克市中心的内米加大街的十二楼有了一个宽敞的工作室。而且，由于他这个人善于交际，他的工作室很快成了一个俱乐部，艺术家、作家和演员，更不用说年轻艺术模特了，都常在他这里聚会。没有伏特加或葡萄酒是不行的。这里的时间总是飞快地轻松度过，伊万·彼得罗维奇经常很晚才回家，而阿尔宾娜·格里高利耶芙娜甚至无法忍受酒精的气味。她每次总是等着丈夫出现，然后操着训练有素的老师的嗓音给他做一个简短的演讲，伊万·彼得罗维奇总是微笑着并坚定地保持沉默。她不仅对丈夫的酒气和散漫的作息，而且对关于他与模特通奸的假设感到恼火,当然,这完全有可能。伊万·彼得罗维奇没有狡辩,也没有反驳。没错,有一天,在静静地聆听完道德教育之后,他站了起来,没有任何解释,就在夜里离开了。走了就走了,好像从未在这里存在过一样。但是,他没有流落街头,只是去了他的工作室,并开始在那儿生活,因为小沙发,甚至换洗的床上用品很早以前就已经买好了。第二天,他又买了十个鸡蛋和一袋燕麦片。没过多久,一位与他可能已经有某种关系的模特邀请他去了她那里……

关于他还有个女儿,他是偶然知道的。他在街上看到了她和母亲一起,脸上的微笑马上就消失了:"我的?"当然,阿尔宾娜·格里高利耶芙娜没有回答。

当时,他和模特已经没有关系了,但是在艺术界的名声越来越大,他成了出版社的座上宾,现在赚钱不少。他虽然不是定期给女儿钱,但很慷慨。

离吃蛋糕的时间越接近,阿尔宾娜·格里高利耶芙娜的脸就变得越粉里透红。但是,她咽下自己做的夹肉薄饼时的满足感和吃蛋糕比不相上下。

履行世俗责任的时刻到了,雅·雅变成多余的了。现在,到了母亲和女儿单独谈论关于怀孕之事的时候了,卡佳是一个月前宣布怀孕的。他进了既是卧室又是书房的房间,按照根深蒂固的习惯,打开了电脑。将来孩子一降生,他就无暇顾及文学了。

卡佳怀孕三个月了,后面还很漫长。

他打开一个新文档并开始思考,该写些什么呢?好情节以前没有,现在也没有。要不写关于岳母和岳父?这很可笑。虽然,为什么不呢?应该开始,有可能到时候新的情节就会自动出现。那就写他们相识、结婚、离婚。但是不行，故事太琐碎了。那如果……突然，他想看看自己的《决斗》的开头。那里有一句话，一个朴实的思想，如果把它加以改变和发展，可以在新故事中使用。这个思想将是完全独立和独特的，它将成为情节展开的源泉。他找到了文档，并立即开始钻研这个篇章。啊！不管怎么说，还是不错的，甚至很好。如果不假装谦虚，那可以说是天才。眼泪因喜悦喷涌而出。主啊，这真的是我写的吗？我？我！……

对自己的文章爱不释手，他开始继续读，因此没有听到门铃的声音。但是，听到了有人说话：

"我刚才还想给你打电话呢！爸爸，生日快乐！"

雅·雅喜出望外，每个新来的人都能见证他的辉煌。他走进客厅，紧紧握住岳父的手，与他交换了友好的目光。伊万·彼得罗维奇的外表令人印象深刻，完全裸露的头上是紧绷的皮肤和后脑勺上披下的长发。

卡佳立即放好了酒杯和一瓶白兰地，然后拿来两块薄饼。伊万·彼得罗维奇马上猜到是阿尔宾娜·格里高利耶芙娜带来的，就称赞地点了点头。

"我就喜欢这样的薄饼！"他笑着说，"大师级。"

阿尔宾娜·格里高利耶芙娜的反应让人不好判断。心想：一方面，这只是一种恭维；另一方面，恭维中隐藏着某种讽刺意味。以防万一，她只动了动肩膀。

大家坐在桌旁。

"干一杯？"雅·雅一边打开瓶子，一边友好地问道。

"当然。"伊万·彼得罗维奇高兴地回答。

"给我也倒一杯，"阿尔宾娜·格里高利耶芙娜意外地说道,"为伊万的健康干一杯!"然后挑衅地补了一句:"你,好像,该过生日了吧?"

伊万·彼得罗维奇笑了,但没有回答。

"生日,生日!"女儿亲切地肯定道。

她爱她的父亲。和阿尔宾娜·格里高利耶芙娜在一起,她必须时刻保持警惕,父亲一来,她就像一只乖乖的小狗一样,可以随便揉搓:你很高兴,她也很高兴。

除了卡佳,每个人都干了。

"你呢?"父亲问。

卡佳也笑了,摇了摇头。伊万·彼得罗维奇认真地看了她一眼。阿尔宾娜·格里高利耶芙娜小心地嘬了一口。

干邑白兰地很好。雅·雅买的,并毫不吝惜地拿出来和大家分享。卡佳提前告诉过他家里可能会有事用得上。伊万·彼得罗维奇赞赏地看着瓶子,又同情地看着空杯子。

"再来一杯?"雅·雅建议。

根据他的观察,伊万·彼得罗维奇可以喝点酒。

喝完酒,过了一分钟,就去阳台抽烟。伊万·彼得罗维奇只抽烟斗,买的是非常香的烟草。前段时间,他还送给女婿一个烟斗,但是,雅·雅只有在他来的时候和他搭伴儿抽。他不喜欢又是装烟,又是点烟,又是清理的。

"明天有朋友来找我,"伊万·彼得罗维奇说,"要是你愿意,也过来吧。"

"我去。"雅·雅很高兴地回答。

他早就想进入画家的圈子,也许这样的见面还能给他带来好的情节。为什么不能呢?岳父本身就是一种类型和形象……瞧瞧他的秃顶和披下的长发就知道了!也许还会在见面时发生点什么事呢?

"另外，我很快就要办展览了。一切我都已经准备好了，你也看看。"

"在哪儿办展览？"

"在'当代'。展品很多，运输和悬挂是个问题。你没准儿还能帮上忙。"

"当然！"雅·雅大声说。

"同时，你还能看看我画的穆里亚温。"

伊万·彼得罗维奇很少画油画，也许是风景画画得多，肖像画也很少。但他一直梦想着画穆里亚温的肖像，画了铅笔素描，但一直不满意，很痛苦，一贯的微笑也从脸上消失了。

"看来我成功了。很多人都画过他的肖像，作为作曲家，作为成功之巅的音乐家，以及身穿沉重、高贵衣服的大亨，这很愚蠢。我只画了一个刚到白俄罗斯的，希望自己在这里会幸运的年轻人。"

"是的。"雅·雅心想，"岳父了不起。就是应该这样去画穆里亚温：把他作为年轻白俄罗斯的象征。"

"我读了你的《决斗》，"伊万·彼得罗维奇突然说，"非常优秀的短篇小说，也不仅是我，每个看过的人都说，这才是文学作品。"

雅·雅感到由于满足、喜悦和几乎是幸福，脸上的血液在沸腾。

"你要是去，我介绍你认识一下你忠实的读者们。"岳父笑着。

而雅·雅已经很焦急地期待着明天的到来了。"太好了。"他想，"一切都安排得如此美妙。这就是今天命运给我的承诺。明天一定有什么事会发生。"

"我会去！当然，会去！"

他不会抽烟斗，总灭，只得一次一次地点燃它，并大声地吧嗒吧嗒地吸它。

"你的大拇指得用上。"伊万·彼得罗维奇提示他说。

学习没有太大收益，但雅·雅根本没有想烟斗的事，头脑中闪烁的只有——明天，明天！他感到要对岳父表示感激，想以某种方式把这种感激表达出来。

"很快，伊万·彼得罗维奇，你就要有外孙了，"他是不经意地说给自己的，"或是外孙女。"

"是吗？！"他喜出望外。

"我好像想到了。"他看着卡佳说，"什么时候生？"

"大约半年后吧。"

"太好了，我很高兴，我早就想当外公了。"

"名字我们都想好了。如果是男孩，就叫伊万。如果是女孩，就叫阿列西卡。"

伊万·彼得罗维奇笑着："好。"

名字也是传承。伊万的小名儿是扬卡，阿尔宾娜的小名儿是阿列霞，都是白俄罗斯名字。

伊万·彼得罗维奇不知怎么突然想问雅·雅懂不懂白俄罗斯语。"当然。"他回答说，"出于好奇，我还用白俄罗斯语写了一些短篇小说。""不想完全改用白俄罗斯语吗？""不想，我是用俄语思维的。""其实，这是一件有利可图的事。"他含糊地说："可是晚了。""没什么晚的，最主要的是想不想，得做决定。"

雅·雅了解他对语言的偏好。在苏联解体和价值观改变之时，伊万·彼得罗维奇突然加入了所谓的反对派，甚至在家里也开始讲白俄罗斯语，这极大地激怒了阿尔宾娜·格里高利耶芙娜。"你和身边的那帮人讲白俄罗斯语也就算了,但为什么和我也讲?"她总是很生气。"想让你别忘了自己生活在哪个国家。"所以,他们长期不交流也有意识形态的原因。后来,在家庭交流中,他重新使用俄语,但他的观点中仍然保留了民族取向。

今天,他与一位年轻的画家(也是一位平面画家)住在一起,他们之间用什么语言交流不得而知。也许现在这已经不重要了。

"男人们!"传来了卡佳的声音,"妈妈要走了!"

他们弄灭烟斗,带着微笑走了出来。

但阿尔宾娜·格里高利耶芙娜什么都没想表达。

"你们怎么这么臭,"她皱了皱眉,"抽些什么破烟。"

雅·雅大笑起来。

"我可以吻你一下作为告别吗?"

阿尔宾娜·格里高利耶芙娜躲了一下。

"你疯了!"她说。

她穿好衣服,拿起自己的锅。

"伊万,"她转向前夫,"再次祝贺你,希望你长寿。您呢,就放弃写作吧!"阿尔宾娜·格里高利耶芙娜和他说话的声音总是很大,好像雅·雅听力或理解力很差似的。"得多赚些钱!"她朝卡佳那边点点头,更确切地说,是朝她的肚子,"我当然会帮助你们,但是今天养一个孩子需要好多钱!"

"妈妈!"卡佳打断了她,因为感受到一种威胁。私下里,她当然是站在母亲一边。

没有人理解雅·雅就靠对新情节的希望而生活。他生活里不需要任何东西,只需要情节。孩子生下来,他会去爱他，照顾他，也许那时就会开始真正的生活，但到目前为止只需要情节。

"妈妈什么？难道不是吗？你将是第一个懂得什么是孩子的人！我们不能指望男人！我就是这么过来的，你也一样！"

"妈妈！"

雅·雅克制着自己，对伊万·彼得罗维奇友善地笑了笑，并建议道："再来一杯作为告别？"

"好好喝一杯。"这其实是对岳母的报复。

"您呢，阿尔宾娜·格里高利耶芙娜？也喝最后一小杯吧！"

阿尔宾娜·格里高利耶芙娜摇了摇头，像遭到了侮辱似的。

他们站着干了一杯，雅·雅立即重新倒满。

"好酒！"伊万·彼得罗维奇说。

"好酒！"雅·雅回应道。

母亲走后，卡佳暗自轻松地叹了口气。她爱她的母亲，她们之间的关系特别好，但是每次她都担心丈夫受不了她那种公开的刁难。

伊万·彼得罗维奇走到女儿面前，深深地亲吻了一下她的头顶。意思是说，我知道，我也很高兴。

"好，一切都很好。"卡佳说着，看了看桌子。

是的，一切都很好。煎饼都吃完了，还剩下一些软糖。但是，酥糖几乎没动，说明不合大家胃口。必须记住！以后多买软糖！还剩了一块蛋糕。显然，阿尔宾娜·格里高利耶芙娜本来是可以吃掉的，但世俗主义要求她保持一些节制。

总之，家庭生活是非常复杂的！整个人类就生活在这样的盘根错节之中。

他们和伊万·彼得罗维奇一起又喝了一杯。

"我也走了。"他说。又一次走到女儿面前，把一个装着钱的信封放在了桌子上。

"谢谢你，爸爸。"卡佳用白俄罗斯语说道。这使他感到高兴。

午餐成功地结束了。

"我明天去！"雅·雅几乎就在他的背后说道。

"当然，去吧。"

不，暂时还没有酝酿出任何情节。

他的长短篇小说在这个大篇幅杂志的编辑部已经放了三个月，实际上，就篇幅而言，可以算是中篇了。他来过两次，希望这个短篇小说他们已经读过了，也许，还得到了认可。但是两次，编辑，这个老人，都微笑着朝着桌子摊开双手，桌子上堆满了手稿：你也能看见还有多少作品没读过。雅·雅也笑了：就是，我明白，我继续等吧。

他们认识已经很久了。编辑对新作者会表示欢迎。他微笑着，看看手稿的开头，看看结尾，然后认可地点点头，意思是说：不错！甚至很好！然后会详细询问：开始写作多久了，在哪里工作和生活……好好！一切都很好！

但是，在阅读完手稿之后，他就会垂下沉重的眼睑，在说出最后的意见之前，总是沉重地沉默很久，然后才抬起眼睛。

"写得全都对，全都符合语法、修辞规范，甚至是符合文学语言要求，但情节……情节，情节……"他沉重地叹了口气，似乎悲伤已经掌控了他的灵魂和内心，"无情节的作品也常有，但我们的作品不能没有情节……我们不需要这样的作品，对我们来说这是无法忍受的。我们需要情节！简单有趣的情节，现实的，科幻的，什么样的无所谓。至于人物形象……都像教科书里写的一样……"无情地凝视了一眼。"您是一个受过良好教育的人，可能读了很多东西……作家必须读很多东西……必须终身学习……思考、观察、反思……并且您也会写作……总之一句话，只要您找到了有趣的故事情节，您就过来。我们等着您。"他从桌子后面站起来，把他送到门口，和他握了手。这就是他们之前的第一次见面。几年过去了，雅·雅写了几篇较长的短篇小说，出版了一本书，但像以前一样，甚至已经准备给他出版某部短篇小说的时候，编辑也会愚痴地重复有关情节和人物形象……

去，还是不去呢？

不，不去。他决定了，而且很喜欢这个决定。

"需要我去，他会给我打电话的。"

为什么会出现这种奇怪的愿望，想出一些故事情节并把它们记录下来？又是何时开始出现的？不，不记得了。似乎这种不可抑制的激情是与生俱来的，但最重要的是希望。

人们认为《决斗》是一个爱情故事，但实际上它是描写忌妒与仇恨的故事。现在，雅·雅写了续，是关于复仇的渴望的。这种没有结局的感觉对他来说是熟悉的，但又与忌妒有关。在上大学二年级的时候，他恋爱了……她叫什么名字？塔尼亚？托尼亚？塔玛拉？记不清了……但是那个男生的名字他却记得，安东。名字、嗓音、微笑的方式、步态都令人憎恨……那是艰难的一年。但最后的结果是，他们在相互对峙中耗尽了所有的精力，而爱却消失了。

不，这个思路不是他曾向上帝请求过的命中注定的那个，但是没有别的思路。可是，被践踏到泥泞中的脆弱的花朵就不会盛开吗？这个故事也可能发展到最后开出美丽的花。雅·雅开始写作的时候总是这样安慰着自己。

最后写成了中篇小说。也许只是一个长的短篇小说，他这样思索和定义它的类型——长短篇小说。

他决定还是去一趟编辑部。这个短篇小说承载了太多的希望，再也等不下去了。离编辑部不远了。短篇小说很可能早就读完了，但是编辑部决定不了是否出版？不可能三个月还没读完。

他走到编辑部的门口，在即将进行的愤怒对话之前感到脸部肌肉紧张，突然，他自己都没想到，他转身走开了。"没有，没有，没有！……"他对自己重复着说。什么没有？啊，没关系。没有就没有。

生日宴会雅·雅迟到了很长时间，刚下电梯时，他就听到工作室门里传来激动的谈话声。打开门，就看到伊万·彼得罗维奇坐在一个硕大桌子的一端，桌子上放着饮料和小吃，还有一些已经有些醉意的人，都是他的同龄人。显然，所有的祝酒词都已经说完，酒已经喝光，小吃已经被吃掉，桌子就像是被冰雹打过的郊区别墅里的菜园。

伊万·彼得罗维奇看见他站了起来。

他说："我都不再等你了，吃的喝的都没了，虽然……"他去了工作室角落的柜子那里，拿来了一瓶伏特加。"有储备，"他解释道，"可是没吃的了。虽然……"他再次去了柜子那里，在那儿倒腾了半天，想找点儿什么，最后拿来了一些风干的面包圈。

人当时挺多，在伊万·彼得罗维奇大声地宣布之前，基本没有人发现来了个新人：

"这是我女婿。"

他们都仁慈地点了点头，但是马上就忘记了他的存在。雅·雅认为，伊万·彼得罗维奇介绍的不对，应该说：这是作家。对于这样的听众来说，女婿是个没有实际内容的声音，而作家——尽管，可能在他们看来，是搞创作的人当中低一个级别的，虽然不是"创造经典的人"，但也是搞艺术的。他们在讨论某位画家的作品，这位画家的画展正在艺术宫做准备，但大家认为，这个艺术宫甚至都算不上一个农业城市的俱乐部。最重要的是，画家联盟的领导打算为其提名弗朗齐斯科·斯科林纳奖章。

他们既说俄语，也说白俄罗斯语，有些人直接就俄白语混合，怎么说的都有。伊万·彼得罗维奇说白俄罗斯语。这没什么特别的。雅·雅用白俄罗斯语说了几句话，他们没有任何反应。不过，他们为什么一定要以某种方式做出反应呢？白俄罗斯语在搞创作的环境中足够流行，至少不会让人过多注意它，更何况他们都喝醉了。但是，伊万·彼得罗维奇不喜欢他们对待他亲人的这种态度。

"你们！"他挑衅地提高了嗓音，"这个人，是个作家！他写了《决斗》！你们听见了吗？《决斗》！"

没有人回应，但是雅·雅明白，伊万·彼得罗维奇喝醉了。可是，那些曾说过《决斗》还算个好作品的人在哪儿呢！伊万·彼得罗维奇曾想介绍他和谁认识呢？难道是岳父为了在家里和他客套而自己想出来的赞美他的读者？

雅·雅环顾四周，注意到有几个年轻人站在伊万·彼得罗维奇的一幅画的前面，一边忧虑地环顾着四周，一边压低声音争论着。他们的争论引起了他的好奇。

"我去看看您的作品。"

"看吧。"

雅·雅站了起来,朝年轻人走去,但他们立刻没声了。

画上面描绘的是一个戴着矢车菊花环的、长着雀斑的女孩。这个女孩让他想起了一个人。谁呢?雅·雅仔细地观察了一番,后退了一步,然后又走近。年轻人斜眼看着他。

"你们觉得这幅画怎么样?"雅·雅问道,尽量无论从声音还是表情都看不出任何评价。

"女孩?""长发,有麻子,在后脑勺上有流苏,专心致志地、目光冷峻地凝视。""您继续看吧。"三个人都笑了。

雅·雅又走到第二幅、第三幅画前面……突然,他意识到这些都是卡佳十岁或十二岁时的肖像。在他看来,肖像画得很不错,值得在周年纪念展上展出。他回头看了看正在盯着他看的伊万·彼得罗维奇。他又看了看那些年轻人,他们还在笑,脸上露出了某种无目的的讽刺意味。雅·雅心想,如果讽刺的话,他们还来参加生日聚会干吗呢?

他继续往前走。画很多,但他没有看到穆里亚温的画像。

雅·雅好奇地环顾四周。还有些醉意的伊万·彼得罗维奇跟跄地走到他们面前。

"我很喜欢,"雅·雅告诉他,"所有的画都喜欢,尤其是卡佳。"

"是吗?"声音里透出感激,"她那时可荣耀了。"

"我没找到穆里亚温。"雅·雅说。

"他不在这里。他的画像我不会给任何人看。他们……"他向他的客人点点头,"不配,都是平庸的醉汉。"

他的舌头不好使了。

不,好的故事情节也没有出现。

快到家的时候,他听到了钢琴的声音:那是曾经的一位同学叶戈尔卡·西-别莫里在作曲。在音乐学校(现在称为学院了)上学时就获得了这个昵称,后来不知怎么就被同学们所熟知了。叶戈尔卡从音乐学院音乐创作理论班毕业后,创作了一些中型作品——小提琴、大提琴协奏曲。他们经常见面,因为他们住在相邻的单元。他们在同一时间结婚,在同一个合作社中建的房子。每次,他们总是互相取笑。"怎么着,西-别莫里,你还乱弹琴呢?"雅·雅问,"我可以想象邻居们对你有多讨厌!""那你呢,夜莺?还在吹口哨吗?读者的耳朵都被你的歌声堵死了吧!"然而,告别的时候,他们总是友好地握手。不久前,叶戈尔卡邀请他和卡佳到爱乐乐团听他的大提琴和管弦乐队演奏。雅·雅和卡佳在开始前半小时就到了,叶戈尔卡的妻子列娜接待了他们,叶戈尔卡在某处正和指挥家做演出开始前最后的交代。她和卡佳以前就认识,甚至有时还去对方家里做客,这会儿她们互相拥抱一下,就走开了。列娜还得接待其他客人,他们几乎是立刻就分开了。雅·雅过去并不经常去爱乐乐团,现在好奇地四处张望。观众打扮得很漂亮,而且似乎比在剧院要庄严,宽敞的门厅有利于人们来回走动和闲聊。看得出,很多人彼此都认识,他们一面四处环顾,一面从一个人群转到另一个人群打招呼寒暄。叶戈尔卡的名气广为流传,许多年轻的音乐家都来了。

铃响了。

列娜坐在三排座位上，基本就是在最边上了。很明显，她的脸颊灼热。也许，整个大厅里的听众没有一个人像她那样沉浸在叶戈尔卡的音乐里。许多人好奇地看着她。雅·雅心想："我的卡佳从来不会为我如此紧张。"并决定音乐会之后这样责备她一下。至于叶戈尔卡，他很紧张，像一个无罪之人在等待宣判一样。

很好理解：因为白俄罗斯音乐创作者的大型作品很少被演奏，而很多东西都取决于首次演出。基本上，来听音乐会的都是音乐家、大学和音乐学院的学生。从观众的反应来看，这场音乐会很受欢迎，因为观众给予了长时间的真诚的掌声。雅·雅认为，音乐虽是现代音乐，但不是前卫音乐，没有失去旋律的根基。

音乐会结束后，雅·雅没走，在前厅等着叶戈尔卡出来，拥抱了他，然后又回到他们之间平时相处的语气对他说："恭喜，我都不知道你是个天才。"这种夸张是符合事物的本来面目的，他们需要这种夸张，在他们这种不太容易得到感激的创造性工作中甚至是必需的，而叶戈尔卡完全能意识到这一点。但是，他并没有失去幽默感："你干吗总是告诉我我自己本来就知道的事，你告诉她。"他向妻子点了点头。"否则她会怀疑我是天才。""我？怀疑？"列娜回应道，"我是第一个意识到这种不幸的人！"总的来说，这是一个充满积极情绪和赞美的夜晚。他们脸上兴奋的色彩已经消失了。"你们再待会儿，咱们庆祝一下，"叶戈尔卡邀请道，"会有很多好人一起来庆祝。"雅·雅已经注意到，在爱乐乐团的一个小饭馆里已经摆好了一张桌子。乐团的音乐家和受邀嘉宾挤进门厅，音乐家们生动地讨论着只有他们自己可以理解和熟悉的东西,而来宾们一边四处游逛,一边期待着盛宴。

他们没有留下来参加宴会,所以在回家的路上雅·雅就已经为此感到遗憾了。本来还可能诞生一个情节。谁认识这么多作曲家?哪个作家会写音乐?没有。他错过了一个难得的机会。

叶戈尔卡在家里搞音乐创作的房间窗户是敞开的,听起来,钢琴发出的声音很自信,显然叶戈尔卡正在演奏他已经创作完成的话剧音乐。突然,他想去找他,想和他一起喝一杯伏特加,这之前好像一直没机会。这样就必须去趟商店,还得给列娜想出一个深夜造访的理由……他抬起头,在叶戈尔卡的窗前站了一会儿,然后朝自己家的方向走去。

达莎·梁赞彩娃打电话说,她两天后就要走了,明天她将邀请她的朋友们到白俄罗斯餐厅告别。

"你来吗?"

"我当然去。"

"只是要带上钱哈,我可请不起所有人。"

"当然。人很多吗?"

"大约十人。"

达莎的离开令人很遗憾。在白俄罗斯,用俄语写作的作家的人数一直在减少:有人走了,有人转向用白俄罗斯语了,也有人完全放弃了这一新时代没有希望的职业。达莎是许多刚开始写作的女孩的偶像。她还在父母的公寓里组织了一个诗歌俱乐部:他们配着面包干喝茶,朗诵诗歌,拼命地互相夸奖。这些女孩没了她怎么办?不是谁都会成为偶像的。

餐厅里，大家已经在等着他们的到来，达莎事先都张罗好了，订了一张舒适的桌子。她化了妆，打扮得漂漂亮亮，还做了新发型，看起来像个新娘，光彩照人。

"哇，"雅·雅说，"你给发廊送去了多少钱？"

"我要你们记住我的美。"

"你不害怕莫斯科吗？"

"我要让它怕我。"

真是一个勇敢的女孩。雅·雅心想，但很可能她是得到了一些保障。

应邀来的嘉宾不多，索洛涅茨、列娜·高沃、伊琳娜·埃雷梅耶娃、万尼亚·贝尔科维奇。当然，还有他，雅·雅。十分之五，不是很多，但也不少，正好。除索洛涅茨外，其他人都用俄语，尽管有些人（例如万尼亚·贝尔科维奇）也曾尝试用白俄罗斯语。语言这一主题是永远不变的。白俄罗斯语经过了很长时间的被疏忽和不普及之后，现在在各个战线开始发起进攻，该是保护自己的时候了。俄语的文学报可以帮助解决这个问题，但是……有的人屈服于胜利者的怜悯已经适应了，有的人对自己的未来尚未做出决定，有人已经来不及做决定了，时间已经过去了。白俄罗斯文学报发行量很小，但它克服了周期性的下滑而一直存在着，这个种类的俄语出版物从来没过。许多人了解这种需求，但缺的是有倡议的人。

"这需要倡议干什么？"万尼亚反驳说，就是最年轻的那个，"需要的是钱。没有钱，任何倡议都会死掉。"

"因为金钱就是这样一个东西，永远都看不到它。它会隐藏起来。有人一直尝试去寻找它吧？"

"不知道怎么找。"

"俄罗斯侨民在巴黎是怎么找的？求助于有钱人，找到有钱人了，然后出版报纸和杂志。"

"求人，是一件羞耻的事。"

"布宁和托尔斯泰都没有感到羞耻，就我们感到羞耻吗？"

"时代不同了，革命了。他们代表的是侨民，可我们呢？"

"您可以向俄罗斯大使馆要钱。"万尼亚不自信地说。

"什么？他们会给你钱？"

"啊哈，他们会给。他们会追上去给你。"

"不，伙计们，"埃雷梅耶娃说，"我们得承认失败，生命太短，无法将短暂的生命投入到斗争中去。"

"什么斗争？"万尼亚很愤慨，"说的是生存，这不是很简单吗！"

"不！不！"索洛涅茨不同意，"谁都死不了。他们都在杂志上出版过东西，也有书。你们想成名吗？改用白俄罗斯语。经过一年到一年半的认真阅读，这门语言就是你们的了。"

"而在改用白俄罗斯语之前，最好是骂一顿俄罗斯和俄语。"达莎说，"理由总是可以找到的。"她的声音里明显渗透着怨恨。她曾是一位成功的女诗人，但没有获得任何奖金或奖项。"哪怕在脸书上责骂一顿。那你就有前途了。"

"阅读一年半，"万尼亚说，"不管是俄语，还是白俄罗斯语，说的是真正的语言，真正的文学。对于友好的随便做做而言，我们现在的白俄罗斯语足够了。"

"无论如何，你们的俄语不是真正的语言，是殖民语言。"索洛涅茨继续说着自己的观点，"与阿斯塔菲耶夫和拉斯普京的语言进行一下对比就知道了。"

"都是废话和谎言。"万尼亚说,"还有许多其他人,使用了其他的词汇。没有谁的成功值得标榜,尤其是在语言方面。我读过你们的书,"他继续报复地说道,"你们要把自己的文章与谁比较?和卡拉斯、卡拉特基耶维奇比?还是和马克西姆·戈列茨基比?我还没看到你们什么时候对比过!"

"这小伙子好样的。"雅·雅心想。但就算是获奖者,开口之前也需要三思啊。

像许多白俄罗斯作家一样,索洛涅茨开始是用俄语写作,往莫斯科寄去了几篇短篇小说,但第一次玩火就被烧伤了,于是改用白俄罗斯语。他做出的决定是正确的:他被文学界和领导所接受,用白俄罗斯语出版了几本书,还获得了国家奖。一般认为他的书很好,但是当谈及这些书的时候,许多人却只是苦笑。但是,索洛涅茨对这些嗤之以鼻:作家联盟领导层的意见要重要一百倍。

"他将自己与贡采维奇对比。"雅·雅说。于是,大家都在克制地微笑着说:贡采维奇也是领导的亲信,也是圈子里被鄙视的人之一。

"你们就是忌妒。"索洛涅茨说。

"我们当然忌妒,你们过的可是另一种生活。"

"你们用白俄罗斯语写作,就不会忌妒了。"索洛涅茨说,"你们用俄语就像犹太人使用意第绪语。"

"不会,"埃雷梅耶娃说,"意第绪语是规则的例外。双语在当今世界很正常,加拿大、比利时、荷兰……还有那个以色列,我可以说出一打。"

"这里说的不是日常交流,"索洛涅茨还是坚持自己的观点,"说的是文学。这是完全不同的。你们没有根。在俄罗斯文学之河中,你们就像随着湍流摇曳的野草。"

这句话是有道理的,大家都保持着沉默。

"你既凶恶,又喜欢报复。"列娜对此强调说,"你还是不能原谅达莎没有和你睡觉。"

大家都笑了。

"被理论家吃掉了吗?这是针对关于根的问题的,你是个可悲的恐惧症患者。"

索洛涅茨的血开始往上涌,但一直沉默着。

万尼亚很高兴地说道:"女人是危险的,她们会火上浇油,你不会明白为什么。"

雅·雅看了一眼达莎:她对这些对话已经不感兴趣,她表达完了,现在精神已经在莫斯科了。真是可惜,雅·雅心想,每一个才华横溢的人,都比金子还要贵重,尤其是此时的这里,但是……似乎她可以每年在厚杂志上出版一次,而对俄国诗歌的损失是无法弥补的。但同时,雅·雅也祝她成功。

"承认吧,"他转向达莎,"你有靠山。如果一个女人要彻底改变她的生活,那就去找一个男人。"

达莎微笑着,什么也没说。列娜·高沃和埃雷梅耶娃也笑了,似乎她们为她的计划和希望也曾作出过贡献。

除了埃雷梅耶娃,都是本地人。很多年前,为了真爱,她去明斯克找她的丈夫,尽管她在莫斯科的一切都很顺利。她的朋友都是当时最著名的,叶甫图申科、沃兹涅森斯基、罗杰斯特文斯基。他们劝她改变主意时,她只是微笑。但是,如果有爱,还要文学干什么。一年后,婚姻破裂了。婚姻,不是爱情。爱情还在,还希望能找回彼此的依赖。

可它没有回来。她一年去莫斯科两次，常常漫步在刻在她记忆中的街道上哭泣。但是，在新时代，她这个已经退了休的人，去莫斯科也没什么奔头了，现在，她就在当地，在她的小一居室里站在窗边哭泣，足不出户。

"你错了。"在喝第二杯时，索洛涅茨说，"在莫斯科，男女诗人都成堆。"

"不要听任何人说的！"埃雷梅耶娃插话说，"你去！你也死不了！如果我当时……"她挥了挥手，沉默了。每个人都知道她的故事。

"不要听别人的话？伊琳娜·埃雷梅耶娃，你就是没听别人的话，又怎么样呢？"

"我那时就是个傻瓜。"她说。

"就是啊！"索洛涅茨很高兴。

索洛涅茨比所有人都不希望达莎离开明斯克，他追了她很久，没有成功，但仍然没有失去希望。雅·雅也不无兴趣地瞥了她一眼。达莎只要表露出一个眼神或微笑，就能不费任何力气地让这些人丧生：这是什么意思？怎么反应？也许……还是不？……索洛涅茨也像被斗牛士刺了第一剑的牛一样。

他开了一个脸书的页面，每天都发布自己的梦、醒来时的感觉，通报自己的创意。达莎每次发表新作品，他都点赞。但是，达莎对这种关注不做任何反应。

"明斯克对于你有什么不好？"索洛涅茨继续说道，"你的书也出版了，图书馆和学校都邀请你去参加见面会。甚至你看，明斯克大学也为你创办晚会。"

达莎笑着。

"我的作品还被翻译成白俄罗斯语了呢。"她自夸道，

《青年》还给我出了选集。"

"谁翻译的?"

"萨姆索维奇。"

"哈!他翻译完了,你都认不出来自己的作品了。"

"我不在乎。"达莎说,但声音颤了一下。

无论俄语还是白俄罗斯语,翻译问题是众所周知的。只有真正的文学爱好者,才从事这项费力不讨好的工作。

"在莫斯科,我将翻译白俄罗斯人的作品,那里是支付翻译费用的……哦,俄罗斯!我爱她的文学、音乐、历史……"

"血腥的。"索洛涅茨补充道。

达莎厌恶地耸了耸肩膀。

"而我爱白俄罗斯。"索洛涅茨挑衅地宣称。

"那还用说。"达莎说,"所有手稿都出版了,所有奖项都收入囊中了,所有领导都亲吻了。"

所有人都保持沉默,只有索洛涅茨微笑着。

"是的。"埃雷梅耶娃突然大胆地说道,"为了让所有人都明白:我也爱俄罗斯。"

"感谢上帝!"索洛涅茨说,"谁会反对?"

"美国人!"雅·雅说,然后笑了起来,感觉自己说得很睿智,"英国人、法国人、德国人,全欧洲人都会反对。"

"可是,那里有什么可以爱的?"索洛涅茨继续说着自己的观点,"他们要么为和平斗来斗去,要么又吓唬人……怎么能生活在白俄罗斯却热爱俄罗斯?"

"还怎么能,就算在巴黎。"列娜和索洛涅茨作对地说道。

"这完全取决于谁出生在哪里,"万尼亚说,"母亲住在哪里，在哪儿上的学，用哪种语言思考，说哪种语言，职业中的优势是什么。"

"你怎么认为？"索洛涅茨不高兴地看了看雅·雅。

"我同意万尼亚的说法。"雅·雅说，"对我来说，白俄罗斯当然是母亲，但俄罗斯也不是继母。这么说吧，教母。"

"你表达得不对。"索洛涅茨说，"继母比教母更重要，教母只会带来礼物，而继母会养活你。"

"对我来说，白俄罗斯是姑妈，我客居在她家。"埃雷梅耶娃说，"我在她家租住一个角落。"

"姑妈？"索洛涅茨很生气，"那你为什么不回俄罗斯呢？"

"那儿我什么人都没有。我是孤儿，已经四十年了——一个痛苦的孤儿。一离开莫斯科，我就成了孤儿。"

"孤儿？这是别人欺负你时，你这么说的？谁欺负你了？"

"这话说得！谁？所有人！"

"说得具体点！"

"就连你也是！"

"我不明白！"

"你是出版社编辑部的成员！你有没有说过一句保护我的话？你有多少本书，我有几本？我就不说各种头衔和奖项了……"

他们同情地听着埃雷梅耶娃的话，但没有人对此做出回应。大家都是这样，但我们这个世界上还有谁会去为别人的事操心呢？

突然，达莎点了一杯加冰块的马提尼酒和一些精美的东西当作零食。大家很紧张，不是每个人都准备好了这样的开销。达莎已经有了莫斯科人的习惯：那儿的人都是今朝有酒今朝醉。原则是众所周知的：上帝给我们一天，就会给我们这一天的食物。

小乐队开始演奏，达莎跳起来，用手抓住索洛涅茨：
"来吧，恐惧症患者！"

看着他们就很有趣。达莎闭着眼睛跳着，像蛇一样蠕动，而索洛涅茨大张着嘴，像马圈里不停踏步的马。

"完蛋了，索洛涅茨。"埃雷梅耶娃说。列娜·高沃报仇似的大笑：她确实与经典作家有关系。

贝尔科维奇和列娜也去跳舞了，列娜主动邀请，开始接近索洛涅茨。好几次，似乎是偶然地用臀部用劲儿地撞了撞他。

雅·雅不想跳舞，但还是得跳吧？

"我们不去。"埃雷梅耶娃挡在他面前，雅·雅高兴地点了点头。

埃雷梅耶娃看着那些跳舞的人，突然愁郁起来。

她说："我以前也曾喜欢过跳舞。有一次三八节，我还被选为舞会皇后！天哪！过去好久了！难道这是真的吗？"

雅·雅沉默着：刚才应该邀请她。

跳舞结束了，坐到餐桌旁又开始了文学话题。这会儿说起了编辑。很显然：全是混蛋。

万尼亚·贝尔科维奇最年轻。一年前，他出版了一本中篇小说，这在文学界引起了一定的轰动，因此他对编辑没有任何抱怨。

人、事业的成就、挣大钱，雅·雅都不羡慕，羡慕的是成功的故事情节。如果遇到特别有趣且出乎意料的故事情节，他就反复阅读一两遍，直到揣摩出它是如何产生的，这样就消除了自己内心不为人知的忌妒心理。而读万尼亚的中篇小说《路口》的时候，雅·雅陷入了恐慌。小说一开头几行写的就是主人公去约会。最平常的几行文字，就立刻让雅·雅十分震惊。

"那是一个金色的秋天，他走在撒满枯黄落叶的公园小径上，如踏着干爽的地毯，叶子在他脚下喧闹地飞舞……"似乎是这样。有什么特别之处吗？没有。可能问题不在前边这几行，当然，也不在女孩脚踝深埋在叶子里，也不在于他离女孩十步远就停下来并且保持着沉默……也不在于他们来自同一个切尔诺贝利白俄罗斯人村庄……也不在于……总之，都是普通的文字和场景。显然，问题在于，才华横溢者，几行字就能令人震惊：即将发生的重要事情没有向你交代，而且永远不会交代。

接下来，万尼亚也没有提供任何新内容，只是回忆了故乡的村庄，在第聂伯河浮冰期死去的父亲，母亲，有人半夜潜入别人家菜园旁的澡堂，孩子的哭泣，围着他们小屋的同村村民。生活中这些都有，文学作品中也有，都是众所周知的，甚至大火是如何顺着屋顶烧向邻家房子的……但是，这个农村小伙子怎么能做到把所有的东西都收在一个情节里，写出这样的故事呢？或是故事真的在他的生活中发生过，根本不需要收集和苦思冥想？

又读了一遍——不懂。再读……为了安抚灵魂，需要接受和承认：不可思议。于是，见面时他就对他说："你是如何找到这样的情节的？它是怎么降临到你身上的？"万尼亚感到有些尴尬，脸红得像个女孩。"我自己也不知道。"他回答说。透过浓密的白色睫毛，用少女般的眼神充满感激地看了他一眼。"我沿着多尔戈波洛茨卡娅大街走着……在军事公墓对面……我一般来说,在街道上走的时候……或在公共汽车上……尤其是坐长途车去父母那里时……但是在地铁里,不,从不……"喋喋不休地开始讲述平常的作家生涯,由于高兴有些上气不接下气。不,万尼亚并没有闪烁过智慧的光芒,除了在纸上,他对人类无话可说。但是,《路口》毕竟存在!无法阻止,也无法中断万尼亚,他被自己的独白挑唆了,然后雅·雅不再听这些话,茫然地盯着他。"……然后,我回到家就写……"万尼亚沉默起来,仿佛对自己感到惊讶。"一下子?"雅·雅羡慕地问,觉得自己像个傻瓜。就篇幅而言,也无法一下子写这么多东西。"什么一下子?写了半年。""半年?"雅·雅变得轻松一些了。半年,这就好理解了:作品嘛。但是,情节到底是怎么产生的呢?为什么他,万尼亚,如此幸运?是的,他还有几篇很好的短篇小说,但《路口》……往往作家并不那么想谈论别人的事,但是在这里,仿佛他们一下子从愤怒和忌妒中解脱出来,只谈万尼亚和他的中篇小说。这部中篇小说在同行作家中产生了非常好的感觉,甚至引起了灵感:如果这个瘦小、金发、安静的万尼亚能做到,我们也能做到。总的来说:现代世界的文学对某些东西仍然有作用。

众所周知,作家都是有原则的人。例如,他们有时还会在论战中分道扬镳,就是为了弄清楚该怎么写,用圆珠笔写,还是直接在计算机上打字。这个话题很古老,但是在过去,问题就不同了:用铅笔,还是钢笔?而今天,和那时一样,一部分人看不起其他人。谁还记得那些在已经被遗忘的打字机上键入文本的人!妥协是不可能的,分道扬镳吧。

确实，在全球化时代，用笔还能写些什么？可要说起关于爱情和死亡，你们的计算机又价值多少？什么距离人心更近，笔还是计算机？两者都在大声地呼唤。

雅·雅对这种谈话不感兴趣：看在上帝的分上，你们哪怕用录音机也可以。但是，突然间想知道万尼亚是如何写的，用什么写的。用笔？……但是，他是一个年轻人，他的故事风格肯定需要用现代化手段。需要吗？现代化的？……全是废话。但是，他没有去问，也不想再次觉得自己在自己眼里像个傻瓜。写一部好的中篇小说意味着什么？似乎万尼亚知道任何问题的答案。

周末，雅·雅在共青团湖附近的公园小径上徘徊，构思着故事情节，多数时候是毫无头绪。而你呢，万尼亚？你的故事情节是如何出现的？

"我在《旗帜》的第七期中被选中了一篇，"达莎说，"在《民族友谊》里也有一篇。因此，我简直就是去拿稿费的。"

"怎么的，他们还在付稿费吗？"索洛涅茨很惊讶。

"会付的。"达莎自信地回答，"你不会轻易离开我的。"她大笑起来。

可是，这一直遭到反对，莫斯科会更快地做出修正。

搬到莫斯科的话题不止一次地出现过。

"你不想去莫斯科吗？"雅·雅问万尼亚。

"不，"他冷漠地回答道，"我不喜欢莫斯科。我为什么要喜欢它呢？为什么？一个别人的大城市。"

"你往那里寄过东西吗？"

"为什么？我的读者都在这里。"

他马上就会将话题转到白俄罗斯语,雅·雅心想。没办法,他还很年轻,而白俄罗斯的家门还开着,或还留着一条缝儿。

"而且总的来说,我不再写中篇小说了。"万尼亚说,"你们知道《路口》他们给了我多少稿费吗?够汽车加一次油的。"

"怎么回事?"雅·雅很感兴趣,"没有吸引力?"

"没有。"

不知为什么,这种坦白也让欢乐降低了温度。可能是因为每个人都有这样的想法:是不是到了该说拒绝的时候了?如果全社会都这么低估作家的劳动,那就算了!

"可不吗,"索洛涅茨说,"我都发誓放弃一百遍了。"

雅·雅强调说:"看来,这些经典作家也一样持怀疑态度啊。"

埃雷梅耶娃在杂志上发表的东西比其他人都少,所以她不想砸编辑部的门槛。

乐团开始休息。

雅·雅坐在达莎的对面,突然发现她的脸上绽放着幸福的微笑:一个众所周知的女诗人奥柯桑娜·西尼奇卡走进餐厅大厅,并朝他们的桌子走去。

"达莎,亲爱的,很抱歉,我没办法早来,你了解我的情况,我简直就是飞过来的,电话忘在别墅了,非常担心我见不到你,我亲爱的小鸽子!"

"啊,天哪,"达莎回答她说,"我已经不抱希望了,谢谢你,亲爱的,我现在会以一种不同的心情离开,并且会活下去!"

她们拥抱和亲吻着抒发了各种类似的感叹,而其他所有人则耐心地带着中性的表情看着她们的相逢。最后,她们拥抱完毕。

"如果有人不知道,这是奥柯桑娜!"达莎仍然满脸微笑地向大家介绍了来宾。

"我们知道,我们知道!"他们回答不够整齐,但都确认知道。

"谁会不知道女诗人西尼奇卡啊!"索洛涅茨用白俄罗斯语大声说道。

"谢谢!"奥柯桑娜马上回应说,"首先,我不是女诗人,而是诗人。作诗的人。"

"不,不!"达莎抗议说,"是谁获得了安娜·阿赫玛托娃奖?又是谁在意大利出版了书?"

"一本小书。"奥柯桑娜更正道。

"咱可真谦虚啊!"达莎大声说着,再次去亲吻她。

"喝一杯吧?"索洛涅茨建议说。

"喝吧!"奥柯桑娜立即回应道。

他们一起举起杯。

"马提尼酒?我喜欢!"一饮而尽。"我的达莎,我送不了你。"奥柯桑娜说,声音里透着悲伤,"明天要和爸爸去格罗德诺。这会儿,我也是抽空跑出来的。"

"不,不!"达莎一边继续玩着喝酒游戏,一边大声说,"是我们的事和你们的事冲突了!"

"别生气,亲爱的!我会一边走一边哭泣的!"

她们再次拥抱。乐队的休息时间结束了,音乐家们举起了乐器。

"他们演奏的声音好大!"达莎说,"不让我们好好说说话。让他们调低点声音?"

"不用,他们演奏得多好。我已经很久没来过有乐队的餐厅了。"奥柯桑娜说,似乎很难过。

"新书什么时候出版?"雅·雅问,尽管对此他并没什么兴趣。

"快了。"奥柯桑娜干巴巴地回答。

一个年轻人突然来到他们的餐桌旁,停在奥柯桑娜面前,想邀请她跳支舞。她不无吃惊地看着他,思索着,抬了抬肩膀,但还是站了起来。舞曲很慢,她跳得很美。可能是她的舞伴在她的耳边低语了一些令她高兴或至少是有趣的东西,奥柯桑娜银铃般笑着。但是,几分钟后,她就请求不再跳了。坐下,脸色绯红,甚至还很激动。

"一个睿智的年轻人。"她似乎很痛苦的样子说道。有什么东西令她不安,她一次又一次环顾四周。

"我们喝一杯吧?"索洛涅茨再次提议道。

"不,谢谢。"奥柯桑娜回答,"我该走了,出租车在等我。"

"出租车?"

"嗯,是杨德克斯出租车。"

她们再次长长地拥抱,然后才告别了。大家沉默了很长时间,看着她离去的背影。最后,埃雷梅耶娃发起了牢骚:

"她的出租车在等她,而她却在跳舞!……我真受不了这种同性恋!"

"柳德米拉·伊万诺芙娜,"达莎立即反对说,"您的感受是您自己的事。"

"还有她的诗呢?那叫什么诗?其实她就是个写诗的人,而不是诗人。我参加过她的新书发布会。你们在哪里举办自己的诗歌之夜？在地区图书馆吧？她在欧罗巴酒店的会议厅！"

"柳德米拉·伊万诺芙娜！"达莎提高了声音，"请您不要当着我的面批评奥柯桑娜。我和她是朋友。我欠她很多，我出第一本书是她给我的钱。我并没有向她提过请求！而且，她还不只给过我。"

"这对她来说什么都不算，她爸爸是个百万美元富翁。"

"这不是主要的。只是她是一个好人，有求必应。"

"我永远都不会求她！"埃雷梅耶娃大喊道。

餐桌旁，大家的心情明显变差了。

在沉默中，大家酒足饭饱。到了该告别的时候。这时才发现，索洛涅茨来时没带钱。

"我不会为你付钱的，"达莎说，"我去莫斯科还需要钱。你们给这个白俄罗斯文学经典作家凑点钱救济一下他吧。"

大家把钱包翻个底朝上凑了钱，都很生气，而索洛涅茨微笑着说：

"你们怎么回事……这些，你知道吧，钱……我会还给你们的。"

他变得既有趣又令人恶心，但大家笑容灿烂，快乐地祝福要走的能安顿顺利，留下来的快乐幸福。他们甚至分别亲吻了彼此。

大家一起出了门，但马上就分开了，有人向左，有人向右。基本就剩下了雅·雅一个人。天已经黑了，路灯好像在邀请他徒步走走。他喜欢走路。他快速地走在荒凉的街道上，试图整理一下思路，对今天的晚会和见面做一个总结。但是，思想却无法集中：时而衣着光鲜的达莎在他内在的凝视中闪过，时而是大象般的索洛涅茨，时而是谈论出版俄罗斯语言的报纸……万尼亚·贝尔科维奇拿着够加一箱油的稿费……跳着奇怪探戈的奥柯桑娜……有些忧郁沉淀在了一天的底部。也许这种忧郁不仅是今晚的总结，也是整个人生阶段的总结？也许就是——秋天来了，树叶在脚下沙沙作响，散发着干燥的寒冷。而少了欢乐的时光就在前方。

突然，雅·雅想，无论是岳母还是读者，他们不买他的书，都是对的。不应该再写了！一切都不会改变，不仅是人类，自己的生活也不会改变。他一生都梦想着自由。因此，他开始写短篇小说，也是希望获得文学创作的自由，至少是从日常的忙碌中摆脱出来。是的，足够了。他想象了，他真的已经放弃了这个奇怪的职业，并感到自己已经摆脱了难以置信的沉重。好吧，他将回到报社全职工作，晚上，他将不再在电脑前熬夜，而是和妻子一起做饭，看看电视，骂骂政客，而且不需要解决任何问题。阿尔宾娜·格里高利耶芙娜是对的：现在该考虑事业了。毕竟，他还很年轻。

他很晚才回到家，妻子已经睡了。他以一种异常轻松的感觉躺到了床上。自由了，自由了！现在一切都会改变，一切都会好。让每个人尽可能地过自己想要的生活，让他们写诗和短篇小说、谈论文学去吧，而他做出了自己的决定。一切都会好的！

似乎马上就睡着了。

他梦到了那个女孩，托尼亚，还是塔玛拉？不知为什么是在白俄罗斯餐厅附近。她朝他走来，微笑着说些什么，但是他们之间的距离并没有缩小，相反，却增加了。

其实，她很像达莎·梁赞彩娃。她的声音越来越大，但他辨认不清她说的是什么。好像是说她要去莫斯科。他也在说话，几乎在喊，但她也没有听到他的声音。"等等我！等等我！我爱你，等等我！我们再也见不到了，等等！……"不，距离在不断拉长。最后，她融化在了丁香色的雾里。

他大约四点就醒了，并马上跳了起来，为了不吵醒妻子，他轻轻地把笔记本电脑拿到厨房里，匆匆忙忙地输入了未来小说《祈祷》的大号标题。除了今天早上这一个小时，这一分钟，岳母、妻子对他的默认、作家索洛涅茨的成功、俄语的问题、达莎·梁赞彩娃、小气的读者都没有意义。

他把手放在键盘上，读了一遍他很久以来的祷告："主啊，帮帮我，给我一个好的故事情节吧！就一次就行！你不会后悔的！我不会辜负你的期望，不会骗你的！帮帮我吧！"

最后的朋友

奥列格·日丹-普希金 辛萌 译

编辑很老,很细致,经过这么多年,他让所有人都感到很厌烦,包括所有的作者和同事,就连门口值班的警察也是如此,可为什么还不打发他退休,尚不清楚。也许是不好和他说,怎么向他宣布:够了,吃饱了撑的秃老头儿,赶快回家看孙子吧,其实……但是,欺负老人家是耻辱。虽然从另一方面讲,领导哪懂得什么是耻辱?领导不是人,领导就是个职位。有职位,就有这个职位的义务。如果说有谁还不理解这一点,那就是这样的领导。

杂志的一位作者谢尔盖·科罗列维奇一边往编辑部走,一边就这样想着。一个月前,他将一部中篇小说送去审读,现在去就是看看怎么说。预感有些令他讨厌。科罗列维奇认为自己是一个勇敢而独立的人,但是一个月前交手稿时,尽管他一直讨厌编辑,但他出乎意料的微笑甚至让自己也始料未及,他轻声说道:"新年前最好……我生日就在一月……"编辑漠不关心地抢过话茬儿说道:"你岳母生日什么时候?岳父呢?"立即又补充了一句:"一个好的小说是不会被束之高阁的。你一个月后给我打电话吧。"他几乎对每个人说话都用"你",大家也已经习惯了,因为年龄在这儿呢,不觉得难受,而且他本人也不反对别人这么对他说话,反而让他显得年轻。因此,科罗列维奇虽然显得年轻,但也活到了隆重庆祝生日的年纪,有权对别人以"你"相称。当科罗列维奇要走的时候,编辑突然问:"你多大了?""六十。"他停下来,希望继续说几句。"我六十岁时,感觉生命似乎就快结束了。原来——并非如此,还可以继续活。"他分享了这样一个和什么都不沾边的回忆,并把自己藏到厚实的眼镜片后面去了。他看手稿时,侧面看上去很老,让人讨厌。

在遥远的青年时代,老编辑那时还是个作者,编辑部的工作在他看来是能找到的最好的工作了。当被邀请到该杂志的散文部做编辑时,他感到很幸福。他曾经梦想的东西几乎都实现了:能和作家交流并谈论文学,阅读手稿,有时——一直是秘而不宣的——可以优先发表自己写的短篇小说。此外,他在得到享受的同时,还因此获得酬劳。所有这一切直到今天都让他欢喜,因此没有退休。好吧,我把这个不幸的人的作品发表了就退休,差不多了。编辑一边等科罗列维奇,一边茫然地看着电脑屏幕这样思考着。

到昨天,离他们上次见面刚好满一个月,科罗列维奇打来了电话。"啊,"编辑一下子就听出了他的声音,"我读完了,你过来吧。""怎么样?有希望吗?""怎么会没有希望?就算潘多拉盒子里也有希望啊。"他喜欢从伟大的苏联百科全书里引用点什么,在现代这个数字时代,改从维基百科了。这些话说出来好像是在开玩笑,但是今天,彼此都没了幽默感,双方都觉得这时开玩笑是不合时宜的,现在他们都在沉闷地等待着见面。因为科罗列维奇已经把自己写的这些短篇小说送来好几次了，但老编辑没有做特别说明就拒绝了。要不就是觉得太差，要不就是不是他们的风格，不是他们的形式。科罗列维奇对这部中篇小说简直就像马上要卖掉的珠宝钻石，认真地打磨抛光，非常希望能出版并获得作家圈子的认可。几个朋友读了这部作品，其中包括著名作家索洛涅茨，大家都认可并对他取得的成绩表达了祝贺。甚至他都得到了自己妻子的认可，尽管她通常都会嘲笑他写的东西。每次，他都会坚决地说："我先写完，然后马上离婚。"但实际上，该忍还是忍了。可是，老编辑……科罗列维奇似乎毫不经意地告诉他，稿件朋友们都读过了，并且大家都很认可，甚至是索洛涅茨。不仅读了，还发现：朋友对朋友也会无耻地说谎，说实话的只有我一个人。对于这种厚颜无耻，你会怎么说？微不足道的小波拿巴。

总之，对即将到来的见面的期待并没有那么美好。

可是，他们还是彼此笑了笑。"坐。"老编辑推了一把准备好的椅子，椅子侧面对着桌子，像医院里的医生接诊。然后，他开始翻阅手稿。科罗列维奇马上就看见在页边上有一些笔记、勾掉的部分、调整句子和整个场景的箭头，开始热血沸腾了。还得说一句，他的一位熟人，也可以说是他的朋友，得知手稿在编辑那里，既吃惊又难过地说："你这部中篇小说又没影了！"说得很快乐也很自信。"肯定还得说不是他们的形式，或者又会在上面乱写乱画……面目全非。他缺心眼儿，你怎么就不明白这一点？"说的是去年他在杂志上发表了一部短篇小说，但编辑把他都整神经了，把一部出色的作品丑化得要命。"可又能怎么样？"科罗列维奇泄气地喃喃自语，"没有别的杂志啊。""应该去找主编!""晚了。"科罗列维奇悲观地说道。

完全正确,预言成真。编辑在其中一页上停了下来。"从明斯克到克雷佐夫卡,"他大声读了出来,"乘电气火车八公里。"读完就好奇地看着科罗列维奇的眼睛并等待着……"这个,"科罗列维奇由于憎恨还没意识到他说的是什么意思,"那个,也可能九个小时。""如果骑自行车呢?""没明白。""如果徒步呢?那要多长时间?二十个小时?"科罗列维奇默不作声。"再往下看,"编辑继续说,"这是什么意思?你的主人公要结婚了吗?为什么这么突然呢?""生活中常有这样的事。"科罗列维奇回答说,感觉某种可怕的事马上就会来临。"生活中是常有,但不应该出现在艺术品中。"他以颇具教导的口吻说道,"这一场景必须删掉……"

这就是导火索。

"不!"科罗列维奇大喊道,"不会的!一个字也不能删!不!"

他抓起手稿,开始在走廊里飞奔。他蹿进一个又一个办公室,跳到主编面前。

"您看看,他对我的手稿做了什么!看看!"他在主编眼前翻着书页。书页落在地板上,科罗列维奇爬到桌子下面去捡,他准备把所有人都消灭掉,主编也不例外。

但主编一直保持沉默。

"我给很多人读过,甚至是索洛涅茨,他都说——天才作品!"

主编仍然沉默着。也就是说,沉默的是这个职位。他年轻又英俊。他对编辑和科罗列维奇都很感兴趣。

科罗列维奇飞奔出办公室,跑到街上,融入了人群。

这里阳光灿烂，车来车往，红绿灯眨着眼，没有任何的编辑。这里多好。

然而，终究还是需要和一个明白人交流交流，以确认自己的正义和疾恶如仇。要不去作家联盟？他在文艺工作者之家门口站了一会儿，思考可以和谁分享他经历的烦恼，却没有选出任何人。那里都是成功人士，他们对不幸的作者的手稿根本就嗤之以鼻。编辑也和他们是一伙儿的。他开始感到心里一阵恶心。他走到了高尔基公园，看到一位老熟人，作家古巴列夫，他手里拿着一个沉重的书包急匆匆迈着大步。

"格里沙！"他叫道。

不管怎么说吧，尽管古巴列夫很着急，但几分钟后，他们就坐在了街边咖啡馆的桌子旁边了，科罗列维奇把在附近商店里买的白兰地在桌子下面倒上。正如常言所说，古巴列夫简直是上帝派来的。事实是，一年前他也向该杂志推荐了他自己的长篇小说，小说中的故事发生在下一个世纪。但一周后，编辑打电话说：首先，该杂志仅在特殊情况下才出版科幻小说；其次，这不是科幻小说，而是幻觉小说；再次，这本小说是十六页。所以，我根本不会去读。将其压缩一半再送来吧，然后"我们再看"。很清楚，可以压缩，但压缩了就有出版的保障吗？没有保障。什么叫例外情况？科幻小说和幻觉小说之间有什么清晰的差别？……这是什么愚蠢的幽默，"我们再看"？简单说吧，古巴列夫把小说发给莫斯科一家非常大的甚至著名的出版社，必须战胜编辑，现在他正在等待回话。当科罗列维奇谈到今天他和老编辑见面时，两个人得出了相同的结论：这个老编辑就是个混蛋。

无论如何，和一个聪明人聊聊，你的心里就会轻松些。遗憾的是，古巴列夫急着去别墅，所以很快就向他表示抱歉，说他必须走了。那没办法，该走就是该走了，尽管可以和一个老朋友坐一坐非常好。于是，两人就平淡地告别了。

半瓶酒怎么办？拿在手里吗？塞到口袋里？最好去编辑部，往桌子上"砰"地一放："拿着！这是你工作的酬劳！"但是，实施这样的步骤需要适当的心情和状态。把瓶子塞到口袋里。心想，他口袋里鼓鼓的，看上去像个醉汉。嗤之以鼻。

但是，必须报复一下编辑。而且，他知道如何报复。

其实，报仇已经准备好了。他定期且仔细地阅读该杂志，尤其是杂志的前半部分，也就是小说文学部分。有些东西很喜欢，也有些东西不感兴趣。但是半年前，该杂志上出现了一位相当著名的作家斯帕洛夫斯基的中篇小说《狼》，小说无法理解的哲学和猎人的生活细节激怒了他，写的都是什么！科罗列维奇从小就了解狩猎。他立即开始对小说进行评论，指责作者对所遇到问题的无知，还指责老编辑让这样的中篇小说得以出版。评论收到的结果不仅是破坏性的，而且是令人狂怒的，所以他就没有将其提供给文学报，因为文学报根本就不会给他发表。本来还可以发布在脸书或一些文学批评网站上，但现在他决定往后推。到目前为止，评论工作给他带来的满足感已经足够了。他感觉，还是有用的。

顺便说一句，老编辑自己也写了一些短篇小说，都是用各种笔名出版的。当然，圈里人都知道谁是谁，如果哪篇取得了成功，大家就会说："怎么了，这老头还行啊，但是还有很多不足之处。""没办法,年龄嘛。他每年发表一次他的短篇,通常放在第十二个月,他会说,我是一个谦虚的人,一直在排队,一年里的某个小角落才有我的一席之地。但是,最近他写了一个中篇,并把它插到了第一期,似乎大叫一声:他就是我!我在这里!你们没想到吧?"科罗列维奇在回家的路上回忆道。

他不仅读了这些短篇小说,还创建了一个文件,其中记录了老编辑所有的错误——词汇和哲学方面的错误。他毕业于国立大学哲学系,从来不会原谅人们在哲学方面的错误。科罗列维奇喃喃道:"你等着瞧,关于你的短篇小说我还没说完。而且,我也不会用笔名隐瞒自己的身份。"

与科罗列维奇会面后,老编辑的心情一直不太好。首先,这部中篇小说还不错,放在正刊里很好。其次,他对科罗列维奇很有好感,他总是亲切地和自己打招呼,紧紧地握手,按照礼节的要求注视着自己的眼睛。似乎科罗列维奇对他也很有好感,因此才说:"删掉这个场景吧,它是无用的,生活中常有这样的事,但在艺术作品里……"其实就是,人一老,全世界都一样,总想追求完美。要是解释清楚就好了,但是,"不!一个字都没说"!

他去了主编那里。

"科罗列维奇来找过你吗?"

"飞奔而来。"他确认说。

"怎么着?"

"没事。又飞似的走了。"

"可是他把手稿也拿走了。"

"这是他的权利。"

"我们应该想个办法和他好好相处。"

主编耸了耸肩。看得出，他也有点心里不舒服。

"有一个姑娘在抱怨你，娜塔莉亚·科斯基科娃。她说给你发了七部短篇，都被你拒绝了。你夸奖了她最后一部中篇小说，但还是拒绝了。"

"她那不是中篇小说，而是故事概要。只有一个开头，一个结尾，没有故事情节的发展。你读读吧，邮箱里有。"

"我会读的。这个姑娘很坚持。"

"如果她同意继续和我们合作，那就让她来吧。而且，如果你想给她发表，那我们就放进去。"

"怎么是我想？她又不是我侄女……只不过最近有很多抱怨。你看谢斯托瓦尔也带着他的小说来抱怨，他肯定会投诉到部里。现在又多了个科罗列维奇……"

他们就这样很不舒服地结束了谈话。

没心情工作。他在编辑部里站了一会儿，沿着长长的走廊走来走去。年轻的女孩子们从他身旁匆匆走过，老远就和他打招呼，完全是对长者的尊重。

是时候了？

科罗列维奇半夜醒来，充满了被欺负甚至羞辱的感觉，在记忆之中寻找了原因，突然间好像真的看到了老编辑。他记起来了。他跳了起来，找到了手稿，开始翻阅，根本不看那些标记。双手因仇恨而颤抖，感觉真的是——热血沸腾。不，这样的完美文本不能改动。他将手稿撕得粉碎，厌恶地扔进了垃圾桶。然后打开打印机，把中篇小说重新打印了一遍。只能这样！别无办法！一个字也不能改！什么时候也别想改！

自己对《狼》的评论也打印了，有些词语和段落用了大字，粗体，斜体文字。读了开头几句……好！

他知道他该做什么，只需要等到早晨。无法容忍。

不，没睡着。垃圾桶现在就在眼前。他跳了起来，穿着内裤拿着垃圾桶蹿到了楼道里，将垃圾桶扔进了垃圾道。一下子变轻松了，竟然老编辑也不在他眼前晃来晃去了。去年，他在该杂志上发表了一部中篇小说，取材于白俄罗斯某一地区的生活。科罗列维奇仔细阅读过，并且也欢腾过。所有的东西都不是那么回事，人与人的关系、文化、生活方式、战争、词汇都不对。该是怎么样的？他并不知道，但能感觉到：不是那样。所有这一切他都要和他讲。他买了一些油彩笔在老编辑的小说里又涂又画，突出了每一行可疑的文字。

要让他知道。击败他只需要选择恰当的时刻，这个时刻到了。

妻子醒来，来到他的书房。

"怎么还不睡？"她张大嘴巴打了一个哈欠。

"我正在写评论。"他满怀希望地说。

"没事干闲得。"她又打了一个哈欠说。

每次，他都希望她对他的工作感兴趣。可是，每次她回应给他的都是哈欠。必须离婚，是时候了。

老编辑也在半夜醒来，但不是因为想起昨天的事，而是因为他的年龄。近年来，这样的事毫无原因地经常发生。但是他醒来后，想起了科罗列维奇。唉，这个恶魔，他对自己说，中篇小说写得不错，人也还不错，应该对他温和些，更多一些信任……作者都是脆弱的人，别的不敢说，但这一点他很清楚。一开始要夸奖他，那任何批评都可以接受。但是，科罗列维奇是一位有经验的作家，而不是文学新人，他自己应该看清楚主人公婚姻的情节是荒谬的。

难道他也应该先夸奖吗？还是握手，拥抱？亲吻？

最近发生的另一起编辑事件也让老编辑感到不安。一个年轻人，基本就是个小男孩儿，请他修改自己为孩子们写的童话。这事不该他做，童话故事不是他们编辑部的业务，孩子是另类群体。但是，他接受了。一些童话故事很有趣，甚至很独特，但总的来说，手稿还不足以出版。"你知道，小朋友，"老编辑说，"你的童话故事还不错，但是你现在写还为时过早。你还很稚嫩且苍白。生活对你来说，还依然是个童话。五年后你再来。"他看着那个男孩，眼里含着泪。"我都说了些什么？"老编辑想，"我有什么权力这么说？也许站在我面前的就是个青年天才？！"他久久地看着年轻人的背影。

编辑理解年轻作家。文学工作对他们来说似乎简单而又有趣，他们认为这条路上一切都会顺风顺水。但是，这件事不仅艰难，而且几乎看不到希望。你看柜子里和书架上多少被拒绝的手稿，好几百。但他们每个人都渴望被认可、名望和金钱。"是的，我们知道，现在的稿费微不足道，但是无论如何都要给我们，以证明我们的成就。我们将它们放在玻璃下面，并一辈子去欣赏它们。要不，算了吧，钱不用了，而荣誉还是要给的……"年轻人整晚整晚地写，退休老人白天写。有时，如果为了能捕捉到意外的灵感，也通宵达旦。老编辑的业务就是不停地阅读、编辑、阅读、编辑。也许，由于多年的工作，他已经不再同情作者们了？但是，外科医生对他的病人就没有深深的同情了吗？他能怎么样呢？如果病人躺在手术台上，看到手术刀，从手术台上跳起来说："不！无论如何也不！决不做！……"

顺便说一句,他的日常工作中也是有乐趣的。例如,如果某个图书馆员、作家或普通读者打电话说:这一期你们做得真好,真了不起。那有没有不愉快的事呢?哦,那是经常的事。

几天前,来了一位穿着豪华的女士,她来问关于她的侦探小说的消息,小说是她三年前留在编辑部的。有关小说的记录,老编辑记在了一个专门的笔记本上了,并按照地址给作者寄去了书评。但她现在来要她的手稿,三年过去了,去哪儿找啊?"您不是有电子副本吗?我们给您打印一份出来。"老编辑建议道。"不!"这位穿着豪华的女士回答说,"得把我寄给你们的那份手稿还给我,我不是来跟你们找事的……我从格罗德诺来也不是没事干闲得。我可没有那么多闲钱。"看来德鲁仁季娜是她的姓氏。这是一个臀部发达的女士,编辑部有一把带扶手的专供贵宾使用的圈椅,她是分两步坐进去的,先是左侧屁股,然后右侧。根据编辑部一项老掉牙的规定,手稿必须保留三年,所以她的手稿完全尚未过期……这位女士没有耐心再等,借助于扶手的帮助将臀部从椅子里拽了出来,并且还摔了门。他搜寻了一整天她的手稿,找到了,撰写了新的评论。真的很想让她补偿因威胁带来的损失,但克制住了,毕竟是个女人。如果是个男的,那肯定跟他没完。他甚至祝愿了她,希望她成功。当然,并不是没有一丝恶毒。

今年还发生了一件复杂的文学事件:一个在受教育程度、诚实的人品、文学和政治信仰等方面都受到他尊敬的密友送来了一部小说,可小说无论从情节、形象还是主题思想等指标来衡量都不成功。他认为有必要按自己的理解说实话。结果,友谊就结束了。

收到短篇或中篇小说被拒绝发表的通知后，作者们会有一段时间不到编辑部来；见面时，他们会如常言所说，和你翘鼻子①。但是随着时间的流逝，这种怨恨会逐渐消退，尤其是当一部新的短篇小说又逐渐成熟的时候……就会又有点儿……并且能主动向你伸出手。

当然，并非所有的事都如此令人抑郁，有时甚至还很快乐。比如，一个从未写过短篇小说的老人用笨拙的笔迹写下了他游击队生活中的一个事件。这件事很有趣，所以给他出版了，书里还有他年轻时的肖像和他游击队时代的照片。老人来编辑部表示感谢，握住了他的手，并亲手给了他一小袋牛奶做的东西。他说："这是给您的孙子的。"老编辑点了点头。怎么办？让他把小袋子再带回家？……他们聊了几分钟就告别了。出于好奇，老编辑打开了小袋子，里面原来是两小块巧克力，以及四分之一瓶自酿酒、两个夹香肠和腌黄瓜的三明治。就是说，老人希望与他共同庆祝书的出版，因为在他孤独的生活里这不是一件普通的事……不，仔细看着这个礼物，他怎么也高兴不起来，反而有一丝的忧郁。因为礼物诉说着某种悲伤。

也许本世纪最终将被称为贪腐世纪，一些平庸的作者甚至对老编辑说要在出版后将稿费按照他的家庭住址转给他。这真是可笑和荒谬。老编辑心想，我想知道，他们要是愿意打给我一百万，我是要还是不要呢？但是由于没有答案，他最终决定：让他们先送来，我们再决定怎么处理吧，看看再说……来吧，少一卢布都不行。

是啊，该退休了。从本质上讲，在文学创作和整个

---

① 翘鼻子是形容说话的时候不正视对方，把脸扭过去，代表一种轻蔑的态度（译者注）。

文学世界中,他是谁?小官员而已。会有人珍惜他的劳动吗?

他突然想起了阿廖沙·索科尔尼科夫的故事。这是很久以前的事了,但即使现在这仍是他心中的一道伤口。长期以来,直到他的老朋友阿廖沙·索科尔尼科夫这件事发生之前,他都一直认为,作者甚至是被他拒绝稿件的作者,都是他的朋友,或者至少是熟人。索科尔尼科夫将两部厚厚的历史小说的文件夹送到编辑部,并小心地放在桌上。老编辑说:"天哪,从分量上看这就是《战争与和平》啊。我们可发表不了这么长的东西。""你先读读,"索科尔尼科夫说,"然后你再说能不能发表。""小说写的是关于什么的?""关于第二次十字军东征。"索科尔尼科夫带着某种神秘的口吻回答说。"《黄叶》吗?"老编辑突然问。"是!"老编辑突然呛住了并大笑起来。他掏出手帕,咳嗽了半天,并擤了一下鼻子,试图掩饰自己的傻笑。他给老朋友倒了杯咖啡,竟然还往杯子里倒了一勺干邑白兰地,这瓶白兰地是他专门放到柜子里应急的。告别的时候,他把索科尔尼科夫送到了门口,紧紧地握了握他的手以表歉意。

……他们在大学三年级就成了朋友。索科尔尼科夫当时有一个铁了心的想法:写一本关于十字军第二次东征的小说,名为《黄叶》。他狂热地谈论了未来的人物形象、情节的曲折和各种事件的发生。为什么叫《黄叶》?"故事将发生在秋天!明白了吗,在秋天!""为什么要写十字军?""这是欧洲历史上的一个特殊时期!""但是,你的小说中会有现今的动机吗?""我对现今的动机嗤之以鼻!"他回答道。从那时起已经过去了很多年,似乎这个想法早已落入了永恒。但是，如果手稿不发出光彩，那么显然思想就不会消亡。这就是为什么老编辑听到小说的名字时会咯咯笑了。

他当天就开始阅读这本小说，读了几页后就感觉额头开始冒汗：对好的文字的希望开始消散。不久，他甚至开始思考：怎么办？如何向老朋友解释失败的原因？仔细阅读了小说，他决定不和他交谈，而是写一个真实而坦率的评论。"对不起，阿廖沙，"他移开目光说道，"在交谈中我无法把一切都表达出来。你读读，然后我们再聊。"索科尔尼科夫没有坐下，拿起那页纸，读完了评论，然后默默地离开了。

第二天，他来了。一进门就知道他喝醉了。

"你这个混蛋，"他说，"你这个流氓！"倒在椅子上哭了起来。"你写的都是什么？！你有什么权力这么写？你算个什么东西？！这本小说我写了三年！明白吗？三年！我梦想写这部小说三十年了！"

老编辑沉默了。

男人的眼泪，不忍的一幕，编辑部的每个人都像聋哑人一样沉默着。

"你夺走了我三年的生命！三年倒算不了什么！你夺走的是我更重要的东西——希望！"他好像醉得并不严重。

无法让人将目光从他满是泪水的脸上移开。但他自己似乎并没发现他在哭。

"你夺走了我的友谊！你怎么能不明白这一点？你是我最后一个朋友！我再也不会到你这儿来了！我再也不会见你！不会和你打招呼，不会和你握手！……你明白吗？你已经老了，你也不会再有朋友了！你将一个人生活！你明白吗？……"

"可是，阿廖沙，你让我怎么办？"

"我不知道……我不知道！"

他走了。

编辑部里当时还有两个人，诗歌与批评组的。他们表情严肃地看着他。

"糟糕的长篇小说！"老编辑喊道，"糟糕！"

最糟糕的是，索科尔尼科夫的眼泪是由他伤人的话语和没有良心的决定引起的。

作家各有各的工作方式。有些人甘于无声的孤独，另一些人渴望获得立竿见影的成就，并从第一页起就开始寻找听众。索科尔尼科夫一直保持沉默。由于没有朋友，他就常到编辑部来，不时表明自己正在写一部特殊的历史小说。而他，老编辑，则点头表示认可。

几天后，他给索科尔尼科夫打了个电话。"我们谈谈吧，阿廖沙。"他尽可能平静地建议说。"不。"索科尔尼科夫接了电话，就挂了。

现在，老编辑明白了并感到自己在他面前犯了错。索科尔尼科夫的小说确实很糟糕，但索科尔尼科夫的眼泪却应归咎于他。

他感到今天又将是一个不眠之夜，于是就去电脑上看邮件和新闻。不知不觉天亮了。

老编辑坐在电脑旁，读着一位年轻作家的中篇小说，无法决定该怎么处理：拒绝，或接受并把很多页重写。重写会对作者造成伤害，拒绝则是泯灭一个好的思想。换作任何一种情况，他都会拒绝，如果不是因为就像常说的私交：这个年轻人带着他三岁的女儿（一个头发卷曲、眼睛湛蓝的天使）来到编辑部，而老编辑因为自己迟暮的年龄而无法忘记她。小女孩儿美得出奇。另外，小女孩儿还突然要求坐在他腿上。想到这儿，他决定：一定要给他出版。他立即打电话给作者。"你来一下，"他说，"有话要说。"并且他笑着说："带你女儿一起来！"

这时，科罗列维奇飞奔进了办公室，把一本杂志和几页打印的纸往桌上一摔。"读读吧！"他看着老编辑的眼睛说。"这是什么？""我对你的回馈！"说着，欣喜若狂地消失了，留下了一股邪恶的能量。

是的，读完很受教育，很多东西不得不认同。是的，他们并没瞎说。他，老编辑，有愧于杂志和读者：为了把这部中篇小说完成并出版，后来退休也就晚了。还清楚地记得内心如何为自己辩解：书里关于狼的生活有许多不同寻常的内容，也有关于日常生活哲学的尝试。他很高兴批评界还没有注意到他的小说，感觉似乎是漏网之鱼。但有一个真理：没有藏得住的秘密。

可是有一件事不明白：为什么科罗列维奇到现在才给我看他的评论？他等的是什么呢？

至于自己那些被科罗列维奇用油彩笔在杂志上又涂又画的短篇小说……"不！永远也不会改！一个字也不会改！"这句话有些熟悉，好像前不久有人说过……

他皱了皱眉。

离开编辑部，科罗列维奇就朝公园的方向走去。阳光明媚，公园里到处都是孩子，他们荡秋千，玩旋转木马，大喊大叫着，好像在庆祝全世界的节日。他的心情和状况在逐渐改变着。大功告成，敌人被击败。一切都很好，他捍卫了自己的立场。一切都正确。当然，老编辑可能在某些方面是对的,但是……不,无须怀疑,也不应该怀疑。马上——就要过生日了。

众所周知,世界很小。一个人出现在走廊的一端,而另一个人在另一端。他们有一个多月没见面了。怎么办?微笑并伸出双手,还是视而不见?避免见面的唯一方法就是低着头进厕所,而且一个去男厕所,另一个去女厕所。或者见到了立刻转身一百八十度。或者一个飞起来,另一个掉下去。

但是,这一切都为时已晚。

他们已经越来越亲近了。

陨　铁

赖莎·波罗维科娃[*]　辛萌 译

今天早上之前，也就是八月的一个星期五的八点钟之前，奥莉加·彼得罗芙娜一直自认为她是一个忠于丈夫的女人。现在，一边往旅行包里塞着吃的——好多好多卷儿啊、袋儿啊、罐儿啊，一边心中带着一丝窃喜（可惜的只是，丈夫无法了解她在想什么）地思考着："为什么我觉得一切好像就发生在今天呢，既然一切早就发生了的话。其实，那已经是去年十一月的事了，在诊所里……"

坦白说，那根本不是一个适合人与人体面地认识的地方，但注定她和帕维尔·尼古拉耶维奇就是要在那里相见，在诊室门前的走廊里，她是去看神经科医生的。她靠墙站着，疼得皱着眉头，然后一瘸一拐地慢慢顺着走廊往前走。他看着她，几次都猛地站起来。

---

[*] 波罗维科娃·赖莎·安德烈耶芙娜，1947 年出生于布列斯特州别廖佐夫斯基区佩什基村，毕业于高尔基文学院（莫斯科）。诗人、散文家、翻译家、社会评论家。著有多部诗集和散文集，曾获白俄罗斯共和国国家奖、库列绍夫文学奖及工会奖。任青春杂志主编。现居明斯克。

"您还是坐下吧！去看急诊多简单，不就不用在这儿候诊了吗？"

"简单不简单跟您有什么关系呢？"

"从逻辑上讲，确实和我没关系。"他停顿了一下，接着问，"神经根炎？"

医院和诊所中只有一类人——病人，他们之间的差别就在于病的程度不一样，所以她丝毫不感觉难为情，回答说：

"脊椎疝气。个体医生没治好。"

坐在帕维尔·尼古拉耶维奇旁边的那个女孩起身去了窗边，离他们远远的，奥莉加·彼得罗芙娜就坐到了她的位置上。他转过身来，不小心自己的肩膀碰到了她的肩膀，奥莉加·彼得罗芙娜的目光瞬间像是凝固了，有些不知所措。如果她不是四十九岁，而是十七岁，肯定会满脸通红。

"那要看是什么个体医生了，"帕维尔·尼古拉耶维奇立即说道，"我可以把我认识的一位医生的电话给您，让他给您注射个五六针……我就治好了，我觉得您也能治好。如果需要的话，这是我的名片。晚上您给我打电话，我从电话簿里找找那位医生的电话。"

于是，晚上她打了电话。虽然她还没去那位医生那儿看过病，但是她和帕维尔·尼古拉耶维奇的偶然相识却发展成了，用轻浮女人的话讲，就是剪不断的情人关系。但奥莉加·彼得罗芙娜不是轻浮女人。她想要的是深情的、甜蜜的、像曼陀罗那样令人心醉的感觉，想要激情和心跳，而现在她内心里只有那种稳固的、紧紧萦绕着她的温暖。女儿得了奖学金后还向她要午饭钱，并解释说，她把所有钱都用来买意大利胸衣了，就是昨天晚上在紧身胸衣店买的那件,她突然很想知道那家店在哪儿。

近来,奥莉加·彼得罗芙娜除了意大利胸衣,什么事儿都引不起她的任何想象。她头脑中越来越常幻想起那个时刻,帕维尔·尼古拉耶维奇最终决定要和她做那件很久没跟妻子做过的事,他开始解她的扣子、挂钩……

包已经装满了,而奥莉加·彼得罗芙娜仍然站在冰箱旁,往里面一个劲儿装着东西。只有女儿出现在厨房的时候,她才不再往里塞了。

"妈呀!"她试图提起书包,"你提着这么沉的包坐电气火车?我今天没法儿把你捎车站去。昨天,我把车停在了瓦迪克的车库里,可瓦迪克午饭前才会回城。他也不知道去哪儿了。"

"不用解释这么多,我没非得要你送我去车站。总之,卡佳,劳你大驾,回自己房间去吧,否则我还会忘东西的。"

奥莉加·彼得罗芙娜确实很怕会忘些什么。今晚,她想准备二人烛光晚餐,方方面面都要完美无瑕。但这件事不能告诉女儿,等她长大就懂了,也不能告诉她。昨天,她打电话邀请了帕维尔·尼古拉耶维奇去自己家的庄园做客,那个天堂般的小角落,她和丈夫曾经笑称的"土地三千,农舍一间",这是他们三年前在一个小村子里买的,也就十个农舍那么大,顶多了。

"嗯,很诱人。"帕维尔·尼古拉耶维奇不知在脑中盘算着什么。她从他的声音里感觉到了,她已经学会了弄清他话语的色彩。"嗯,你说那儿距离明斯克六十多公里?我尽力吧……确实有一个难题,车上有个地方漏油。我得去一趟技术服务站。如果是油箱蹭破了,那就得焊上。你也知道，要先把它取下来，晾干……好吧。"他终于说了，"你说具体点儿，我需要去哪儿找你？"

他们说好，晚上九点钟她会在通往村庄的那条路的转弯处等他，然后他们一起去庄园，这样他就不用自己到处找或者问别人了……

好！包都收拾好了！奥莉加·彼得罗芙娜果断地拿起包，已经准备好要走的时候，丈夫从房间出来了，问道：

"这就要走了？"

奥莉加·彼得罗芙娜点了点头，什么都没说。

"真羡慕你呀。我本来也可以去的，但是今天我们……昨天我去的时候，大厅又挂了一个黑框照片……"

她把包放在地上，好奇地问：

"这次是谁去世了？"

"库勒什！你认识他的。虽然我们早已各奔东西了，但葬礼还是要去的。我们在一个部门工作了十二年。人生就是如此！结局总是难料。人啊，说没就没。我记得二十世纪九十年代初的时候，他还像脱了缰的野马似的，一门心思要做生意！做生意！"

"你说过他弄得挺好的。"

"是挺好啊！那是一开始。后来，发现他上错车厢了。本来坐硬卧一直往前走就行了，他却想坐软卧。坐自己的硬卧的时候一切正常，可刚一换软卧，就开始了……不说库勒什的事儿了，希望埋他的土能像柳絮一样轻，他也能舒服点。那你……周日回来，该关的都关好，别抻到你的脊椎疝气。菜园永远都是菜园，地多少公顷还会是多少公顷，但是要记住：这些都不是你的车厢……"

他总是好为人师，她也任凭他这样，虽然最后她都仍然会按自己的想法去做。大约一小时后，电气火车的窗外闪过树林、小村庄、种着马铃薯的田地和一块一块成熟的黑麦田，她脑中又想起了这段对话。他们现在在哪节车厢里呢？她说的既不是硬卧也不是软卧，在生活中两种车厢都有，其实完全是另一种。不管是坐在哪节车厢里往前走，他们都一直在一起。他们的座位紧挨着，他们也肩并着肩……但生命中没有什么是永恒的。这个真理是在两年前的那个晚上得到证明的，当时他们坐在桌前庆祝女儿在大学生报刊《青年记者》发表自己的第一篇文章。女儿很快就出去向朋友展示自己的文章了，就剩下他俩，他们打开了电视……然后他坐到她身边，搂住她的肩膀，过了一分钟，把手放在胸前做了一个耶稣会士的手势说：

"奥莉加，你知道吗，我们遇上麻烦了！"

"你单位有什么事儿吗？"奥莉加担心地问。

"不是，不是。"他开始转手中的叉子，好像突然想刺穿什么东西一样，"比那糟糕得多。你知道吗……对不起，你什么也别问。我们公司一个女实习生，列娜，怀孕了。"他用叉子敲打着桌面。

她警觉起来，好像听到的不是自己的声音，而是别人的：

"嗯，你真是让我发现美洲新大陆了！她们现在怀孕可真早，简直跟猫一样！"

"奥莉加，你没明白我的意思。列娜怀的是我的孩子。三个月了，我不能丢下她不管。可能的话，我想让她把孩子生下来。这样我就无法与你和卡佳生活了……我会定期给你们钱的。"

他完全不卡壳儿地说出了这一切，就像一个彩排了上

百次的演员走上舞台表演一样。似乎有一团令人窒息的东西让她无法呼吸,但她仍然能说:

"你是因为这个才开始用叉子不停地敲?制造噪声!那个实习生列娜多大了啊?"

"二十二岁,只比我们的卡佳大一岁。"

"那你准备什么时候离开我和卡佳?"

"今天。"这个声音让他觉得都不能相信。于是,他干咳了一声,往旁边挪了一下,低下了头。"对不起,奥莉加。你暂时不去庄园吧?嗯?实习期结束之前,我和列娜大约……大约在那儿待一个月。之后,她会去维捷布斯克的父母那儿。我……我就在这儿随便找找。我想,租房子应该不是问题。"

她的手不自觉地颤抖着,为了不让他看出来,她把手指紧握成拳,不知道哪里来的力量让她从椅子上站了起来。她紧握双拳站在他面前,他按自己的方式去理解这一切。

"你干什么,奥莉加?你冷静一点儿,我们都是有素质的人……"

"离我远点!"她再也无法忍住泪水,跑进了卧室。

一个半月后,丈夫回来了。列娜的父母开始介入他们的关系,把大学还剩最后一年的列娜转到了维捷布斯克上学。而这段时间里,奥莉加·彼得罗芙娜从一个胆小、有着阳光般灿烂笑容、善良的女人变成了一个严肃的教母,愤怒地盯着每一个年轻女孩儿,好像她不是一个成年女孩儿的妈妈,而是一个老处女。对于丈夫的回来,她也非常平淡。他很紧张,但看得出,他早就提前准备好了一套长篇大论:

"奥莉加,你可以不原谅我,但是你应该理解我!我们就把这个看作……嗯……所有发生的这一切……看作暂时的不和睦。你看哈……各民族之间会有冲突，一个民族与另一个民族也无法和平共处，而我们……我们，疲惫、紧张，为这乱世所迫！我们只是这茫茫宇宙中的两粒尘埃。请原谅我这样表达，可能我应该说得简单点儿。嗯……来，来……你把怨气都撒到我身上吧，扇我一巴掌，我会忍着的……我甚至希望你能这么做！"

她脸上挂着一种和以往完全不同的，对他来说很奇怪的笑容，说：

"瓦夏，你还没办理居住注销手续，就在这儿住吧。但是，我们不会再睡一间卧室了。我给自己买了一个沙发，在客厅睡。"

在别人看来，他们的生活没有任何变化。他们一起用餐，偶尔会一起买东西，总之，他们更像是邻居。甚至连去庄园都会分着去。他这周末去，她下周末去。这次，该轮到她去了。下了电气火车，奥莉加·彼得罗芙娜开始担心：屋子里可千万别乱得不像样子啊！丈夫上周末过去的，通常他去之后都会在角落留下一座垃圾山。包太重了，还得背着它走两公里。找一个跑出租的会方便得多，她也正是这样做的。刚走上农舍的台阶，她一瞬间就忘了生活中所有的烦恼：丈夫、女实习生、自己在城里的家……在幸福的天堂谁还会想人间疾苦？这才想起来帕维尔·尼古拉耶维奇……"他会喜欢这儿吗？"她想着，"他不可能不喜欢花园，还有带花坛的草坪，多亏了瓦夏一直细心地打造。"

奥莉加·彼得罗芙娜从包里拿出纸包和罐子，放到冰箱里，不由自主地高兴起来："帕维尔爱吃小牛肝酱，这儿就有！还准备了黑莓沙拉，还有羊骨肉！天哪，橄榄哪儿去了？忘了！啊，没忘没忘，在这儿呢。这是什么呢？啊，烤的裹面比目鱼。这个是——果汁！……"她为自己的厨艺而欣喜，想象着帕维尔·尼古拉耶维奇的到来，不时地看着墙上的钟。她觉得指针走得简直太慢了。所有的食物都放到冰箱里以后，奥莉加·彼得罗芙娜就把四个房间都看了一遍，把丈夫乱扔的东西捡了起来：沙发上的旧裤子，裤子上还沾着草坪上的干草，沾满黏土和泥水的衬衫，毛衣，椅背上的雨衣、短裤、背心……搭满了一条胳膊后，她决定把这些暂时都放到储藏室的旧箱子里。箱子是农舍以前的主人留给他们的，他们去城里了。

她去了储藏室，打开盖子，把所有的衣服往那儿一丢，然后看见了一卷东西，要么是之前的主人忘了，要么就是放在这儿不要了。早就该扔了，但丈夫不允许。他说，为什么要扔掉？那不仅仅是别人的东西，更是记录了他们曾经的生活。那一卷里确实是他们的全部生活，甚至可能是不止一代人的生活：信件、明信片、照片、电报、各种收据、证明……所有东西都被撕扯坏了，散落得到处都是。

"看来，老鼠在箱子的某个地方打了洞。"她想，"它们已经感觉到秋天临近的气息，从田地里逃到人类的栖息地。没准儿，甚至是大老鼠？"然后，奥莉加·彼得罗芙娜把盖子扔到墙边，开始收拾到处散落的纸。她的目光停留在一张泛黄的纸张上，这张纸的某些地方已经腐烂了。还有一张也是这样的纸。她拿着纸，走向一扇小窗……

字迹很小，很小，像小玻璃珠[①]，甚至在某些字母处有

[①] 指字迹很难辨认（译者注）。

弯弯曲曲的道道儿，但墨水没有褪色。

她立刻读出了一个数字，字很大，纸的中间写着：1841。再往下，字迹更小，但不难辨认：大司祭尼科季姆，上帝的奴仆。再往下：蒙圣恩的圣母代祷教堂……然后有几行字，有的被抹掉了，有的很模糊，只剩下了几个字母。她已经习惯了看这些小字，纸背面的字她辨认出了一些，边看边思考着那些辨认不清的字。

"3月3日。助祭奥西普从镇上回来。他带来了两个镀银的香炉和40支蜡烛。据我估算，蜡烛应该有62支。但是，圣灵降临节助祭捐助得最多，我怎么能认为他做了不体面的事呢？"

"3月15日。从杜宾佐夫带来了一个孩子受洗。女孩。按照惯例，所有这一天受洗的女孩都以圣叶夫法利娅之名记录下来。教母睁大眼睛问：神父，我们现在应该叫她什么呢？难道叫法尼亚吗？"

"3月19日。一位地主庄园的太太来做忏悔。她的双眼，对于圣像画匠来说简直是太难得了。但是，年轻的地主却看不见她的眼睛，只能看见她的跛腿。那个样子，就像曾经看见作为她嫁妆的一百四十俄亩土地一样。地主还能看见胸部丰满的宗卡，她在庄园的畜棚干活儿。宗卡运气好。她为牛接生。太太哭了：地主的礼服常散发着畜棚的臭味儿。大概，天使因为宗卡而听不到我的声音。全能的父啊，原谅我吧，原谅我一百次吧，原谅我竟然相信别人会去忏悔。"

"3月23日。当地人说天罚降下来了，但实际上是自然现象。昨天早上做完礼拜，教民离开教堂的时候,一块陨石从天而降。虽然体积不大,但造成了很大损伤。地主家的畜棚全都被烧毁了,陨石正好砸中了那儿,还有地主家的许多附属建筑。主房幸免于难,只有一根柱子裂了。爆炸的威力很大,好多茅草屋顶都在周围散落着。地主家花园里的树木都被连根拔起。但最可怕的是,年轻的地主、饲马员,还有宗卡——地主家的牲畜检验员,都被烧死了。还有很多牲畜也被烧死了。现在,其中一个畜棚的所在处是个坑。不断有明斯克的学者来看这个大坑。"

"3月26日。一位年轻的太太来忏悔。我听到的话让我印象极深。她是刚平静下来吗?非常悲伤。父啊,拉着我的手,如果你不想这样,就请阻止她。可怕的陨石降落的那天,年轻的太太就站在窗前,她看见年轻的地主和宗卡走进了畜棚。宗卡解开了裙子的腰带,地主解开礼服。这时年轻的太太说了一句:真希望能掉下来一块石头砸到你们身上!一切真的就在一瞬间发生了。她祈求从灵魂中免除她的罪,但我认为那位年轻太太的智力有点不正常。巨大的悲痛导致的。"

"3月30日。在罗哥奇为逝者举行教堂葬礼。他们是赶着一辆马车来接我的,要是划船来就更好了,现在正是河流的丰水期。在此之前,地主家庄园里的坑不停冒着热气。"

奥莉加·彼得罗芙娜听到门闩的叮当声,前门也嘎吱作响。她迅速把那张泛黄的、在她手里直抖的纸塞到箱子里,好像做什么坏事儿被抓住了一样。然后,她盖上盖子走到门厅。在那儿,她看见了邻居薇拉,薇拉已经打开了前厅的门。

"彼得罗芙娜,您今天怎么这么早?瓦西里·安东诺维奇说您今天会过来。这儿周三刚下过雷雨。我透过栅栏看了看,您家的西红柿秧被打弯了,我给绑在三根灌木条上了。可能,不用绑?我还去别人家的菜园里了。"

"怎么不用呢?谢谢您,薇拉。给您黑胡椒粒,您不是让我给您带吗,我带来了……"

邻居并没有待多久。她刚一走,奥莉加·彼得罗芙娜就开始……按她自己的说法,叫巡视庄园。一边走,一边给自己找活儿干。她把干枯的灌木和早已成熟的四季豆捆成捆,挂在农舍朝阳的那面。把拔完的葱拿到阁楼,让它风干……在这些习惯的家务事之中忙来忙去的同时,她还不时走进农舍看看钟:"但愿他别迟到!"而时间似乎停在了原地。但最终可以把一切都推迟到以后再说:离帕维尔·尼古拉耶维奇到来还有一个小时。她用十五分钟时间在镜子前打扮了一下,然后以他以往习惯见她的样子出了小门。她决定直接穿过马铃薯田,穿过长满茂密榛树的宽沟,然后就离她期待的转弯处不远了。

她正好九点钟到了约好的地点。一辆又一辆汽车从她身边飞驰而过……她一边看着,一边迎着车流走到马路上。这时,旁边一辆深灰色马自达停了下来,车里的人从半开的车窗里问道:"您去哪儿?不上车的话您就得在这儿过夜了!"她明白,帕维尔·尼古拉耶维奇不会来了。周围的一切都被暮色笼罩着,附近的宽沟也被雾所覆盖,但奥莉加·彼得罗芙娜还是走了来时的那条路。"该死的油箱!看来还是需要焊。"她想着。她跟帕维尔说了好几次,让他别随便找人修,一定要找专业的人!可他就只想着图便宜!

找了个瞎糊弄的。焊个油箱需要多长时间啊！就算跟懂行的人浪费了时间也比和糊涂人省点钱强！她把自己所有的苦都对那个素不相识的汽车修理工发泄了出来。她摸黑走着，走到的并不是自己家的小门，而是尽头的农舍。绕着农舍走了一圈，来到了狭窄的碎石路上……这时，她的心都要飞出来了：他们的庄园旁停着一辆车。但是，飞起来的心马上又落了下来。奥莉加·彼得罗芙娜认出了那是自家的车。农舍的窗户里闪烁着灯光。她走进屋，看见女儿坐在桌前。卡佳往面包上抹着小牛肝酱……丈夫站在开着的冰箱旁，仿佛在打量着，想从冰箱里也拿点这样的吃的东西。

"你去邻居那儿了？"女儿问，"我们已经来了十五分钟。你这个酱做得真好吃。你这是怎么了，妈妈？竟然做出美味的东西！"

"这个呀，卡佳，是直觉引导着你妈妈做出来的。"丈夫砰的一声关上冰箱，回答说，"她以为她是一个人来庄园，但是下意识地感觉我们会跟过来……所以就准备了这些。直觉！她甚至都不顾自己的疝气了，拖着这么大个包。"

奥莉加·彼得罗芙娜淡淡地笑了笑：

"你们为什么要跟我来？发生什么事儿了？"

丈夫在女儿的旁边坐下，掰了一块儿面包，抹上小牛肝酱……

"你知道吗，葬礼真是一件可怕的事情。关于人类存在的非永久性以及各种想法全都涌入脑海中……我甚至没留下参加葬后宴。"他咬下一块儿面包，嚼了嚼，"库勒什的妻子，更确切地说，已经是寡妇了，都不省人事了。虽然原则上说既不是妻子,也不是寡妇。据说,他们早就离婚了。"

奥莉加·彼得罗芙娜又淡淡笑了笑,走到窗前,拉开窗帘。

"太好吃了。"女儿从桌前站起身,"我要走了。亲亲你们!你们送我吗?"

送完女儿,他们又回到农舍,奥莉加·彼得罗芙娜立刻说:

"我去收拾收拾休息了,忙活一天累了。你吃饭吧,如果你想的话。我就不吃了。"

然后,她走到隔断后面,去了她平时睡觉的小房间,开始铺床。她拿起枕头,不由自主地哆嗦了一下:床单上放着三个黑色的石头,相当大,又圆又扁,像被压碎的橡皮泥球。"这又是什么?"她想。

"奥莉加,你听见了吗?"丈夫从隔断后面喊着,"带骨肉?这不是猪肉啊!"

"羊肉!"她大声地回答,"我在科马罗夫卡买的。"

奥莉加·彼得罗芙娜边说边朝丈夫走来,手里拿着枕头。他正在吃饭。她沉默了一会儿,然后小声说:

"我枕头下有一些石头,哪儿来的?"

"呃,这些不是石头,奥莉加。这是陨铁。听说,以前这里有陨铁坠落过。我在庄园里发现了这些圆形的碎片。就放在枕头下面了,你三个,我三个……正如人们所说,图个吉利吧。不管怎么说也是从天上来的,从那儿,"他用手指了指上空,"上天的礼物……"

她盯着他看了好久,什么也没说,就到了隔断后面。把枕头扔到床上就躺下了。隔断后面的冰箱门砰砰响,碗碟叮叮当当，水从水龙头里哗哗地流……奥莉加·彼得罗芙娜陷入那种不安宁的睡梦里，就像充满了神秘声响和低语的八月的温暖夜晚。没错，她竟然还在还想：

"明天有必要把这种垃圾从枕头下面扔出去！"

对，就是垃圾……

诗　歌

维克多·施尼普*诗歌选

韩小也 译

× × ×

我的祖国闪着金光，
就像平静大地上的太阳，
她从不会离开我的心房
就像一座抚慰我灵魂的神圣殿堂。
就像我们头顶呼吸的天空
和脚下的大地一样，
祖国，我的祖国，

---

* 施尼普·维克多·阿纳托里耶维奇，1960 年 3 月 26 日出生在明斯克的普加奇村，毕业于明斯克建筑学校和莫斯科文学院高级文学班。任文学出版社总编辑。1984 年成为苏联作家协会会员，1987 年获弗拉基米尔·马雅可夫斯基奖，2008 年获白俄罗斯共和国总统特别提名文学奖，2019 年获弗朗齐斯科·斯科林纳奖章。撰写二十余本诗集和散文集。作品被翻译成俄语、乌克兰语、波兰语、摩尔多瓦语、罗马尼亚语、塞尔维亚语、英语、法语及其他语言。

为你的不再归来，
为那些被你温暖坟墓的人们，
你的眼泪在我眼中流淌，
那里充满无尽的阳光，
我悲伤和快乐的地方。
因为天空，像我们脚下
永恒大地燃烧的灰烬一样。
我的祖国闪着金光，
那是我心中神圣的地方。

我奔向圣殿的光芒，
好像去汲取你的力量，
那里是我父母
曾为人们祈福的地方。

白教堂

灰色土地上的白色教堂,
天空支撑在十字架上,
默默地忏悔过往,
眼中无言泛着泪光。

那里无比宁静与安详,
那里可以聆听上帝,也能抒发梦想。
我走向教堂,
为你我生活的世界张皇,
时间要我们变成地老天荒,
为灵魂将路铺向远方。

但我听到,抑或我的感受是这样:
——你害怕上帝,虽然你把他信仰?
我打开大门走进教堂,
黑暗在我面前片刻间消亡,
我的眼里充满上帝的光,
这一天不久前还是灰茫茫。
这里我只能把自己交到上帝手上……
而那里有人奇迹般发现——
灰色大地上的白色教堂。

×××

城市的孤独百年,
房屋像古老的预言,
穿过房屋摸索着来到神庙。
妈妈在那里祈祷。
我走着——道路都不知道,
我走着——在将自己寻找。
需要回忆年少的自己,
看到的自己毫无生气。
没有父亲的家园,没有寺庙,
母亲依旧这样祈祷。
她的心中烦恼不安。
我和你见不到。
像沼泽将房舍环抱,
像蛛网把脚盘绕。
你走着——道路都不知道。
为什么把我诅咒,你也不知晓,
能否到达神庙,
那里人们,包括妈妈,都在祈祷?

× × ×

我们的房子再次被雪覆盖
像欧洲一样,冬天已到来。
像雪人一样,我们在雪中漫步尖叫,
仿佛要将逝去的东西再次找到。
只要活着,冬天就摆脱不了
坐在无轨电车中,如同在飘。
坐在铁边独木船上,无形的卡戎
领着我们在古柱间穿行。
我想离去,去追随我之所爱,
她已知晓生命为何存在。
为何每时每刻都要死掉,
为何山一样的墙在雪下悲伤地矗立不倒,
而在春天却寻不到,
如果能和你活到春天多好。

× × ×

衰草正在把雪等待，
像一个老人在等待死亡的到来，
并像冰冷的烟
衰草在山丘上孤独地变白，
我们在那里将火堆摊开，
不知道寒冷会来。
那时我们爱火如酒，
年轻的白杨树上
如火的红叶知秋。
在祖国怀抱我们轻松畅快
你我永远不会和她分开
她永远都藏在你我心海，
像落叶飞到十月的风里……
像衰草对雪的期待。
我们在等待我们春天的到来，
那时衰草像雪一样飞走
那时我们的梦像冰一样不再……

× × ×

已经很久没去把妈妈看望,
好像很久没有生命的痛痒。
在孤独中——寂静的黑暗
在水下漂向未知的地方。
金色的叶子——天上的太阳。
风吹——叶落在
我行走的路上,
像草穿过沥青发芽生长。
已经很久没去把妈妈看望,
很久不见上帝的天堂,
无法倒流时光。
迷失在天空下,我发现
一片叶子,像地图一样,带我来到妈妈的身旁。

× × ×

这一天我希望留下来,
这是你我的最后的时光。
我们可以对视而不惊慌,
河里看到天使的影像。
这一天我希望留下来,
就像没赶上火车那样。
点燃篝火,在烟雾中亲吻,
森林里,像在永恒中徜徉,
知道什么都没有剩下
那一天,漂往不存在的方向,
男孩,像淘气鬼一样在笑,
把小船放在水上。
让时间停住,哪怕是一小时的时光!
我们像孩子一样站在河岸上——
时间,像一条河,将世间的一切
带走,
也会带走我们,像灰烬一样。

× × ×

房屋和围栏都被雪掩埋，
掩埋了空旷岁月白皑皑。
那里我们曾年轻，如晨雪一样，
第二天会沿着屋檐
滴到地上在地里消亡，
只为再变成雪的模样。
房屋和围栏被雪掩埋
而你，在这白色的天地里，像圣人一样
你在无路的世间徜徉
在乌云中，在贫瘠的白色村庄，
这里出现了如晨雪的景象，
屋檐下早晨会滴到地上
并在地上流光，
再变成无形树中风的模样。
雪在盘旋，像鸟儿一样，
让人想痛哭，生命想久长，
在这些被雪覆盖的房子里，
好像在遥远的被遗忘的岁月里，
我们曾年轻的地方，如晨雪一样，
第二天水会沿着屋檐流淌
流淌到被上帝遗忘
你我深爱的土地上，
为了这些雪中的房屋和围栏，
为了白色的岁月，白色的空旷……

×××

傍晚雷电交加。
窗下的灯笼害怕
橙红色的橘子——只有一个
在黑暗的天空里被淹没。
我透过天堂的雨林
看着路上,像一条河,
树叶在黑暗中飘浮,轻轻旋转,
像我们一样寂寞。
我想随着它飘荡
轻声说着死亡,
就像说着突然明朗的梦想,
宛如白色的耶路撒冷。
雨将过去,黎明飘来,
草里点燃的烛光。
湿润的花朵,就像妈妈的双眸,
现在会在寺庙里变得明亮,
我们想再次活下去
不再谈死亡……

× × ×

我们不是灰尘,不是梦,不是雪。
我们是倾斜窗内的灯光,
我们是祖先坟头草飞扬,
我们是落雪飘零湿如常。
风吹过我们的上方
打扫着这世界上,
那些不再住的地方
那些没有爱的舍堂
就如灰尘,如烟雾,如梦想……
永恒的卡戎把我们等待
我们在长夜里发出咯吱的声响,
就像寺庙锁头里的钥匙那样……

× × ×

我离不开街道,哪怕喊叫。
就像自己对自己,无处可逃,
关上房门,钥匙扔掉
我就像树叶在这里飘摇,
像尘土飞扬中的幽灵,
像病态的灌木丛,不懂欢笑
白色孤独的小鸟
如一片黄叶在云层里飘
翱翔着我如风的烦恼,
像空旷寺庙里婴儿的哭闹,
像在黄昏里白色的灯照,
像写给母亲未完的信钞……

× × ×

又一次寂静，又一个夜晚，
你又一个人将像巴黎的
永恒的金色星空
观看，
多少人向往那里，
流连忘返。
这里，道路如战场，
花园里飘浮着烟。
但是你知道：世界上没有任何地点
比这里更安恬
而这个明亮安静的夜晚
亲切可爱的角落
你永远不会将
马德里和巴黎与它交换，
只有在这里你才知道你的期盼，
只有在这里你才心意寂然，
你在窗前
仰望那星空，像永恒不变——
窗外，如流的夜晚，
窗外，如雪的春天。

雷戈尔·波罗杜林[*]诗歌选

韩小也 译

永恒之光在哪里……

给今生的一切以谅解，
付出你全部的生命力，
为的是坦然地离去，
为的是能平静地告别
大地，
你在那里用结节

---

[*] 波罗杜林·雷戈尔·伊凡诺维奇，诗人、小说家、翻译家。一生著述颇丰，出版诗集约七十部，其中包括讽刺诗、幽默诗、儿童诗歌，另外还有批评性的文章、英雄诗歌和翻译的作品。他的诗歌内容主要涉及自然和战争两大主题，作品语言优美。曾在白俄罗斯出版社、文学出版社、白俄罗斯苏维埃报社、白桦树杂志社、火焰杂志社做过编辑，白俄罗斯作家协会和白俄罗斯笔会常务理事。2006年，被列入诺贝尔文学奖候选人名单。曾获扬卡·库帕拉奖、人民友谊奖、苏联荣誉勋章、拉脱维亚三星奖章和弗朗齐斯科·斯科林纳奖章等。1992年，被授予"民族诗人"称号。

将生命与记忆绑在一起,
日后有人会听见,
债主在榆树下叫他过去,
语声与回声汇集,
一圈一圈传出地狱……
是啊,生命所赊给我们的,
死亡还会突然要回去。

创建吧,诗人!

创建自己的心乡,
那里青草芳香梦无疆,
缠绵哀怨,付之一炬,
尽化熊熊火光。

如何抛却,怎能忘
只因惆怅,
如烟叹息逝无方,
初次惊惶,初次体尝
声声颤抖诗一行。

诗一行,
家园住中央
悠悠诉说源流长,
河水依岸流淌,
而你回眸凝望……

从来没有

那些我曾，
住过的单元房，
再没去过，
只怕黯然神伤。
无论被遗忘的旋律、兴奋
还是沮丧
都用侮辱的方式将其在心门阻挡。
我不想责备，
因为一切
都回不到从前的景象。
而住所，
灵魂曾客居的地方，
也已化为——
一缕恩典的光芒。

慷慨夜晚共勉励
——致瓦西里·贝科夫

在这神圣的夜里,
去将桌布下的长草摸索寻觅,
拉长它是为了
从现在起,
不能缩短哪怕一点点你的幸福周期。
在虔诚的夜里仰望天际:
繁星在那里,
慷慨的松林就会报答你
会将蘑菇和榛子装到你的篮子里,
为你,也为你的亲戚。

去山谷中追忆,
风揉花楸,在谷底。
雪因自己的白色而战栗,
母亲为儿子铺好通往远方的路,
扫去每一颗沙粒,
问上帝要几颗星星给大地。

蛾

> 蓝翅蛾
> 轻快地飞过。
> ——引自马克西姆·博格丹诺维奇

河水慵懒地摇曳着百合,
看上去不远处,
轻快地飞过
一只花瓣蛾。
飞蛾努力吸引着百合,
让她别爱得这样执着
懒洋洋的浅河,
闪着湿润解冻泥土的光泽,
缓慢流淌的碧波
温暖柔情地抚摸,
满是波光的浅河,
小鱼正游得欢乐。
河水深处嘶嘶作响,
倾盆大雨泼向波浪……
悲伤地飞向远方……
褪色的白色飞蛾。

自己

给自己找个对手，
只为灵感存留。
不是短暂拥有，
而是到生命的尽头。
虚情假意
绝不可有。

无论独处还是宴乐
智者都会有个对手
他是你的乌鸦，也是你的夜莺
不管你对他凶狠还是温柔，
他都不会把你出卖，心肠依旧。

当然，朋友也有尽头，
你又不会无端挑起事由……
连海狸都把自己当成朋友
如果你不视自己为仇寇，
那就给自己找个对手。

圣诞诗歌

圣诞节的夜里,
请你把所有饥寒交迫的人们聚在一起,
让所有疲惫和被遗忘的人们相聚,
馈赠给他们你的豪礼。

上帝赐给你的一切,
是想让你能最后一个
分享。
但成功——这个客人却很少造访——
他从不吝啬——会给你百倍的补偿。

那么,就将祖先的灵魂请到红角上,
奉上库奇亚粥让他们品尝。
不要打扰他们开斋。
记忆是他们灵魂的温床。

好像篝火将烦恼驱赶,
无声无息地观望。
它用伯利恒的明星
在心灵曙光中放出光芒……

我暂时在这里……

我住在那里,
那里万灵哭泣,
那里笑声草中躲藏,水中潜溺,
那里
我的河流乌沙恰
只能一直漂浮在时间的泥沼里
我就住在那里……

我在那里漫步,
那里儿子般的嗓音
不会把他的全部不幸向我倾诉。
雪地上,游蛇如弓,
在玩耍,
森林的林妖不引人注目。
我在那里漫步……

我在那里休憩,
那里像在熊的耳朵里,
没有雷声轰鸣,没有风声呼啸,只有静寂,
那里我的
精神已不再感到拥挤,
那里我只能住在棺材里。

我会在那里休息……

我暂时在这里——
我的朋友叫尽心竭力,
我不采摘发光的蜂胶。
向光明与黑暗租用的角落里。
解除我所有折磨重负的,
是大地。
我暂时在这里……

荷花赞

碧绿的荷花
是我们百合的祖先,
如一株株伞
低垂眉宇
膜拜向前
你的风骨让人敬仰无边!

于荫庇处
避烈日炎炎,
泪珠洒在合十的掌间。
高高的莲,
你出淤泥而不染,
却不愿浪迹天涯,浮萍般。

佛陀降生在,
你温暖的摇篮
为把苦难驱赶
在你的叶间
奇迹现前。

致高莽诗《饮杜公酒》

我酌口酒,
如杜甫当年,
啖罢煮熟的笋尖,
杯中残酒依然
诗句暂且停手
九月沉雷
信之如吼。

酒泛光
奶飘香
深沉,浓烈
只需点点
我的心情便可
直上九天,
诗句长留
亘古不变丘冢间。

无尽延绵,
万里长城,
因之美名传。
谈兴渐尽
人影渐远
都说地球变暖
原来是骗局一篇。

在人类的树冠里

我四海为家,
行走在这嘈杂世上的树冠里。
不知何时
从生机勃勃的树上坠地……
生命如此简易:
我将死去,要与永恒的土壤融为一体。
让歌唱的小鸟
在新叶上栖息!
我会活在那片新叶里,
岁月无尽,生生不息,
如同我那祖国的旋律
唱响在普天下的曲调里。
纵使我盔甲单薄——
也经得住雷雨的洗礼,
我与树冠
生死相依。

应多待在家里

应多待在家里,
不是有事处理,不是忽然想起
是为了内心的丰盈,
不把某种神圣的东西忘记。

忘不了那湿湿的地板上
黏黏的枯菖蒲散发出的气息,
忘不了讨厌的牛蒡被家犬
沾满你的外衣。

忘不了井壁的原木
和那鹤嘴形的打水摆臂,
忘不了家里那些张旧卢布
曾经买得起多少东西。

忘不了寒冬腊月的门插
把手指冻得火烧火燎,
忘不了餐桌上香喷喷的黑麦面包
是如何才得到。

忘不了自己割草的身影,
忘不了邻居名字怎么叫,

忘不了迎接新一天的欢歌，
忘不了桌边愉快把天聊。

应多待在家里，
不是有事处理，不是忽然想起，
是为了内心的丰盈，
不把某种神圣的东西忘记。

致弗拉基米尔·科瓦连科

我们只是在大地上漫步,
思考却在星露中成熟,
灿烂银河,
像一根永恒的权杖,
是我们夜幕里忠实的导航。

诱惑
我们梦想的
祖国——
望远镜中的星座……
眼中大地上的星空
望着星际间小路上
前尘往事如昨。

在地球奇迹的期待里
仰望高远的星际
久远的旅程梦呓,
如何从天堂来到这里。

地球,
亲密且唯一,
苍天慷慨的赐予,
悠悠传来的
是天外忧伤的鹤唳。

列奥尼德·德兰卡-莫伊休科*诗歌选

韩小也 译

× × ×

请你变得无所不能——大地的支撑!
……为了大地我变成了这样,按照他们的向往。
国王在我面前叩首,
高山默默地将峰峦低头。
我的目光凝望,
家乡祖屋的方向。
走过去随意问问
细腿女孩儿:"你是谁家的姑娘?"
她看看我的双手,
手上彤云密布,

---

* 德兰卡-莫伊休科·列奥尼德·瓦里耶维奇,白俄罗斯诗人,1957年出生于布列斯特州达维特市。毕业于莫斯科高尔基文学院,曾先后在工厂工作、苏联军队服役。在文学出版社工作多年,并领导该出版社诗歌编辑部。出版十六本诗集与散文作品。现居住在明斯克。

看看我的双脚，
脚下是陷在那里的石头，
她说道：我们的血统无所不能！
你的女儿我就来自这个血统。
你可听到雷声？那是妈妈在走行，
她从菜园走来，为见到你我的身影。

× × ×

我把冷水喝饱
对着高崖上的
燕子微笑——
四野宁静寂寥。
熟透苹果沉甸甸的分量
压向我的手掌。
我要把它送给牧童,
一起去放牧牛羊。
小男孩早已准备停当,
要把每头牛的故事来讲。

× × ×

最想的就是睡觉——
于是男孩在路边睡着。
短短的小皮袄，
蜷着的腿能看到。
黑夜中，附近潜流暗藏，
船黑漆漆。还有莎草。
没有呼吸，没有火光——
孤独而昏暗。
我将鱼竿默默地投入雾里，
从未有过的——悲伤蔓延。
你就希望，让鱼上钩，
将鱼欺骗！
只要鱼王，其余的不算……
男孩醒来说道：
这条鱼我整夜地看守，
这是我的地盘，你赶快走。

问题

库帕拉……就这样出现在我面前——
他的田野和流星。
听到我欣喜地大叫,
"你想要什么?"他问道。
我张口结舌话找不到。
没等听完他就消失了。
我在空旷的路上寻找,
深一脚,浅一脚。
也许,唤回他不能只靠一声喊叫:
我想要白俄罗斯这样,
太阳一大早就吹着你的扎列卡,
把一天的路来走好。

× × ×

用船桨把波浪托起
让波纹更加闪耀太阳的光芒……
生活啊,切莫喧宾夺主,
这里的一切都吸引着目光。
手已习惯握住船桨,
清澈见底的河流在流淌,
小船轻浮
像猫一样柔软舒畅!
像把白羊毛折叠堆上
云朵浸在水中漂荡。

× × ×

讲个故事给我听,
找一个问候的辞令……
地球与蓝天之间
如此宁静。
那里老橡树已完全枯槁
鹳在巢穴上空盘绕
朝着苔藓尖叫,
但橡树依旧沉睡,不被打扰。
老妇人用友好的手
将那声尖叫收入背包。
对你的惊叫
她平静地说:"一天美好。"

出现（回忆）

小船，河流。水边的莎草。
远方无际。天空高高……

蔚蓝把乌鸦调笑，
大鹅拧下狼毛；
闪电从云层劈下，
石头破碎，野草燃烧。

驼鹿的叫声群山回转。
父亲的船驶向险滩。
无所畏惧，他正当年，
只有一条船和一件衬衫；
将船划向寂静的角落，
船桨触碰着浅滩。
火堆边，背后寒
森林之女把黏土把玩，
在嗡嗡作响的陶轮上
突然落下云朵一片。
一夸脱酒令举座醉意盎然
让醉乡的梦更甜。
苍鹰翱翔，不知疲倦。
老者小得也为安：

在那个耳环掉进火堆的夜晚,
在那里淤泥把池塘覆满,
是我姐妹中的一个
把母亲的音容笑貌记在心田。

童话

小松鼠写作文

阿列斯·卡尔柳克维奇　韩小也 译

小松鼠阿伦卡有些闷闷不乐。因为，昨天黑鹳老师通知大家说："一周后我要去暖和的地方过冬了，所以地方史这门课将由松鸡来上。但在离开白俄罗斯之前，我要请大家以'我的家乡'为题写一篇作文，讲一讲你的家族、你喜欢的树木、小溪和沼泽。"

这事让松鼠感到惴惴不安。"我能写什么呢？"阿伦卡反复思考着，"早上从窝里爬出来，舒展舒展四肢，摇摇尾巴。如果周围没人，我就爬上松树。在废弃的窝里，有串在树枝上的晒干的牛肝菌。母亲不让动这些蘑菇，说是留着过冬。但我要是咬掉一小块儿……肯定特别好吃！然后，我就回到自己的小房子里，收拾书包，往书包里扔几个坚果，然后就飞奔去森林学校。跳过一棵棵松树，不一会儿我就坐在自己的座位上了。没有任何新发现，也没去任何地方旅行！写什么呢？！"

松鼠阿伦卡听见：不知是错觉还是真的，好像附近某个地方啄木鸟在啄着树木。没准儿是她的同学佩特罗克……他就喜欢在上课之前啄树木。再睡一会儿觉该多好，

第一节课还得一个小时才开始呢。

佩特罗克似乎与橡树长在了一起，甚至没有注意到上面的树枝上来了一只松鼠。而松鼠呢，趁佩特罗克停下来的空当，说道：

"休息一下吧，佩特罗克。我们马上就要去上课了，你啄入迷了，过会儿在课堂上你就会把桌子当树啄的。"

"相反，我这是在做早操，为的就是在课堂上上课时能轻松点。"

松鼠叹了口气，小眼睛扫了一眼周围，尾巴扫了一下雨后粘在树枝上的泛黄的树叶，然后从后背摘下书包，并放好，以防止书包倒下。

"佩特罗克，真糟糕。我写不出来黑鹳老师给我们留的作文，搞不明白该说些什么。你写完了吗？"

啄木鸟很友好地看了一眼阿伦卡，诚实地说：

"如果不是有妈妈帮忙，也许我也写不出来。她给我讲了关于我们家族的情况，解释了为什么我们如此爱劳动。"

佩特罗克从挂在树杈上的书包里拿出一个漂亮的绿色笔记本，开始读起来："我的故乡是白俄罗斯。几乎没有一个亲戚飞出过我们家筑巢的地方的边界。但我们家族的每个人都知道，白俄罗斯到处都有啄木鸟生活。

"有这样一个传说：因为有一个养蜂人在节日、星期天也一直干活儿——掏蜜蜂的蜂巢，于是上帝把它变成了一只黑色的大啄木鸟。所以我的祖先就变成了鸟，他们日复一日不停地啄树，无论平日还是节日，啄出一个个空洞。每当到一个新居定居时，旧居就留给松鼠、貂及其他野兽，或者鸟类和森林里的蜜蜂。

"很多世纪以来，我们就生活在这片被称作布鲁扎的针叶林里。穿过森林的河流叫斯维斯洛奇，河的左岸是一片橡树林。我和爸爸曾经在一棵老橡树上掏了几个洞，并在里边塞满了橡子，好留着冬天吃。在热列金卡这条小溪流入斯维斯洛奇河的地方，曾经有一个很大的林间村庄。战争期间，这个曾经叫别列吉杨卡的村子里的所有男人都去打仗了，只有妇女、儿童和老人留在这里。一天早上，惩罚者溜进了村庄，把所有在家的人都赶到一个大谷仓，在谷仓周围堆满茅草并开始点火焚烧……人们的哭声和呻吟声在林中回荡。从那以后，好长时间森林里都听不到鸟儿的鸣叫……

"我们喜欢这些安静的角落。我们努力远离人类的居所。但我们很希望人类能够好好地关怀树木和森林里的居民，大家都要保护好我们的家园。"

佩特罗克沉默了，松鼠阿伦卡也不出声，只有森林还在沙沙作响。最后，松鼠先打破了沉默：

"佩特罗克，你的作文写得真好。说实话，我都想哭了。我从未想过我们的森林里还发生过这么多的事情。虽然我也听到过附近发生的以及关于我们松鼠亲戚的一些事情，但会有人对这些感兴趣吗？"

啄木鸟把绿色的笔记本放在书包里，转身对松鼠说：

"你不能怀疑。你的生活，以及你父母和祖辈们的生活，都非常有趣。比如，你知道不能去拿别的松鼠储存在树洞里准备过冬的坚果吧？……谁要这样做，他们就会一直到老都没有牙。还有就是小偷的肚子会疼的……"

"不，我还是第一次听到。虽然我看到妈妈在老树洞里藏坚果和橡子。她说最好藏在不同的地方，离自己的窝远点。"

"这就对了,我看得出,你还是听到过好多事的。我还亲眼见过松鼠采蘑菇呢。"

"我已经不止一次品尝过苔藓蘑菇、牛肝菌、鸡油菌、红菇。我知道哪些蘑菇有毒,从来不采。我也知道,哪些灌木丛或树下会有牛肝菌。我甚至还知道和牛肝菌有关的谜语:'小不点,长得远,戴着红帽往上蹿。'但我还是不会写这篇作文。佩特罗克,你帮帮我吧。"阿伦卡请求道,"还有时间,笔记本和铅笔我都带着呢。还有垫板,可以放在笔记本下面……"

"不,阿伦卡,这样的作文每个人都应该自己写。你要讲自己家住的地方,讲自己的家庭和家族。谁会比自己的母亲能更好地向你讲述那些你不认识的远亲呢?"

"我怎么和黑鹳老师说呢?"

"亲爱的阿伦卡,你可以请求老师原谅你,并保证明天一定把作文《我的家乡》交给他。为了让他能相信你,你先给他讲一下你的写作计划,说你会去详细地问问妈妈。亲爱的,你会一切顺利的……"

松鼠摇了摇尾巴,挤挤眼睛,跳上了旁边的松树。应该快点,没准上课前还来得及和妈妈聊聊。

季托夫卡家的来信

阿列斯·卡尔柳克维奇　韩小也 译

阳光挣脱天空的囚禁洒下来，似乎穿透了草地，草地上有些地方已经被骄阳烤焦了。同样遭遇酷暑的还有飞蛾马利扬·普里特齐昂斯基，他不时焦急地望着蓝天。他还需要不停地飞，一旦雷声大作，雨水洒下，那就肯定得找一个地方避避雨。种种迹象都已表明，今天可能要变天。飞过森林的边际，普里特齐昂斯基看到了一支长长的蚂蚁队伍。这些森林工人在飞奔着搬运重物，没有他们没扛过的东西！他们都匆匆奔向一个方向：杜松树丛中巍峨耸立的蚁丘。"蚂蚁知道什么时候会下雨。"飞蛾回忆起他从老人那里不止一次听过的话。

让普里特齐昂斯基担忧的，与其说是他自己的生命安全，还不如说是绑在翅膀下的那封信。他必须把信送到别列津纳河保护区。刻在变黄的枫叶上的只是个大概的地址。看来，他肯定要找好久，找不到还不行。季托夫卡飞蛾家中发生了灾难。他们住在斯维斯洛奇和季托夫卡两条河流的中间地带，并自由自在地履行着他们的使命。季节一到，他们就会从卵中孵化出来，吃掉自己的"房子"——一个硬壳，变成毛毛虫。然后，他们就躲在茧中，慢慢摆脱茧的束缚，变成小飞蛾。而后就立即飞向美丽鲜艳的花朵，在一些花上采集花蜜，在一些花上撒下花粉。花儿一天一天变得更加艳丽，越开越多。难怪有时其他不漂亮的小昆虫谈话时带有明显的妒意，这些谈话也会传到飞蛾的耳朵里："人家长得漂亮啊……"但很少有人想过，季托夫卡飞蛾和他们的同胞部落在整个星球上的这种美丽是付出高昂代价的。那些结成强大群体的蚂蚁，能够抵御各种攻击，他们可以活一年，两年，三年……

普里特齐昂斯基情绪开始激动起来，看了一眼太阳，想起了他刚刚在森林边缘看到的巨大蚁丘。与普里特齐昂斯基家乡草地比邻的榛树丛中就耸立着这样一座蚁丘。有时，厌倦了加奇卡①上的风车，普里特齐昂斯基也会落在坚果上，仔细地观察熙熙攘攘的蚂蚁，或者更确切地说，是观察他们相当有组织的活动。他们建设自己的蚁丘看起来很有组织且极有条理，这些森林劳动者建造的简直就是一个真正的堡垒！没有人能战胜这样团结的建设者！

但是，现在季托夫卡飞蛾族群的生活遇到了威胁。长老加奇科夫斯基为此建议在草地上的橡树干上召开会议，会议上谈的就是这个内容。

"我的朋友们！虽然我的生命很短暂，只有五个星期。"加奇科夫斯基对飞蛾们说，"不管怎么说，我还是比你们年长。而且，我的全部知识是一天一天学来的。我仔细观察周围的变化，不禁发现，我们已经变少了很多。幼虫恢复我们队伍的速度跟不上季托夫卡飞蛾死亡的速度。给我

---

① 加奇卡是草地的名称（译者注）。

们带来灾难的首要敌人就是蝙蝠。这些无礼的家伙就靠猎捕我们充饥!……很长一段时间,我一直在寻找避免这场灾难的办法,虽然很惭愧,但必须承认,我没有找到任何出路。"

加奇科夫斯基继续悲伤地说道:"生活的经验告诉我,我的时代很快就会结束。你们知道,我们和蝙蝠根本无法协商好,因为我们说的是不同的语言……"

"那么,也许我们试着问问其他部落的成员?扎列奇昂斯基爷爷曾经说过,附近的草地上有超过两百种飞蛾呢。"高处的橡树枝上有飞蛾说道。

"谁在说话?"长老严肃地问道。

"我叫维多利亚,我是斯塔罗赛尔斯基家族的。我在普霍维奇村的房子附近的花坛里采集花蜜,住在斯塔罗赛尔耶村。因此,他们就像称呼我的祖先一样,也称呼我斯塔罗赛尔斯卡娅。"她小声而平静地回答道。

所有人都沉默着,很久没人讲话。有些人小心翼翼地等着,感觉长老马上就要发怒并大声训斥。可是,加奇科夫斯基说得相当平静:

"我的孩子,你住的那个地方最危险。我知道你那边有几栋老房子,完全是被蝙蝠控制的……一定要小心,维多利亚。很遗憾,没人告诉你我们族群的一个特征。我会提醒所有人。顺便说一句,维多利亚,我们这儿不是有两百种,而是两千种飞蛾。每种飞蛾都有自己的语言。没错,很多语言都很相似。如果任何白俄罗斯飞蛾去了立陶宛或其他国家,我认为他们会听懂对方的话。也许他们甚至还可以和来自北美的君主交谈……麻烦的是,我们的语言与其他语言截然不同。我们与自己人交流时,翅膀挥动的速度大约是每秒八十次或更多。我们用翅膀交谈，我们根据想说的内容以不同的速度挥动翅膀。而我们的同胞部落拥有的是其他的先天才能，但他们当中没有谁挥动翅膀的速度能超过每秒十次。感觉到不同了吧？"

加奇科夫斯基沉默了，又一次长时间停顿。然后，季托夫卡飞蛾长老说，在离季托夫卡很远的保护区有一个昆虫学家，需要尽快找到他。

"我的时间不多了，"加奇科夫斯基重复道，"但你们必须活下去，完成你们的任务……如果你们不在了，世界就会改变。你们应该知道，每个人在地球上的存在都是注定的。我们有义务按照自然界的规律生活。老一代季托夫卡飞蛾曾经说过，世界是相互联系的，以至于在地球另一边风的大小都会取决于一只飞蛾挥动翅膀的次数。"

有只年轻的飞蛾开始动了起来，开始回头看他的朋友和亲人，翅膀的颤抖几乎看不见。甚至看起来，飞蛾们的焦虑也传给了作为这个重要会议场所的沉默的橡树。

"静一静，亲爱的，"加奇科夫斯基试图让年轻人平静下来，"我可以郑重声明，这种紧张会导致北美或南美的台风。"

季托夫卡飞蛾们静了下来，接下来他们就默默地听着长老讲话。

……在那次会议上，他们给昆虫学家起草了一封信。写信的任务交给了马利扬·普里特齐昂斯基。"你不仅飞行速度快，而且爱好写作。"长老说道，"我们期望聪明的学者能给我们的主要就是对如何继续生活的提示：或者同意我们坐吃等死，等蝙蝠杀死我们，或者我们可以离开这个光荣的两河流域并飞到其他某个地方……"

加奇科夫斯基还命令他仔细看看这条路线，说不定他会喜欢上某个地方。"那么也许我们都会搬到那里去。"长老说。

"但我怎么去找路呢？问别人？怎么问？"马利扬·普里特齐昂斯基转向季托夫卡飞蛾长老。

"河流会将你带到昆虫学家那里。从我们的两河流域，也就是季托夫卡河流入斯维斯洛奇河的这个地方，沿着斯维斯洛奇河向南飞。路不近。但是我认为，如果不磨蹭，那么即使停下来休息，你也可以在一到两天内飞到那里。仔细看清那些支流，小心别误入歧途，因为你应该会遇到博洛齐扬卡河、塔尔卡河、希尼亚河，这些河流都注入斯维斯洛奇河。当你沿着主要的河床飞到别列津纳河时，离保护区就不远了……昆虫学家——正如他们之前告诉我的——住着最漂亮的房子，一个真正的草地中央的宫殿。塔楼上是君主的木制雕像，一种生活在遥远美洲的飞蛾。据说，我们兄弟族群中再也没有这样的美男子了……向昆虫学家递交我们的信函，然后倾听他所说的话就行了……走吧，亲爱的。所有希望就寄托到你一个人身上了。"

……事实上，普里特齐昂斯基很快就找到了昆虫学家。

更准确地说，他发现了一座巨大的木制建筑，就像一座堡垒，耸立在开满鲜花的草地上。普里特齐昂斯基从很远的地方就看到了飞蛾木雕。疲惫的季托夫卡飞蛾特使落在他异域兄弟的木制翅膀的边缘上。等待的时间不是很长，阳台的门就微微打开了，出来的人其貌不扬。普里特齐昂斯基以前对人就很了解。他知道人也各不相同，有时遇到他们会带来麻烦。有一次，有个女孩看到普里特齐昂斯基坐在甘菊上，差点用一个大网把他兜住。当他从大网底下飞出来时,她在草地上追了他一分钟,直到普里特齐昂斯基飞过水面……所以,他甚至想藏起来。但还是要以某种方式与主人搭话,看起来阳台上没有网兜。普里特齐昂斯基从君主木雕上飞下来,飞到阳台上,落在了栏杆上面。

"这是谁如此勇敢?我看到了一只季托夫卡族群的飞蛾。"这人对着普里特齐昂斯基抱怨地说着什么听不懂的话。"我的网兜在哪里?没有网兜,也没有帽子……你很幸运,季托夫卡飞蛾!……但你稍稍再坐一下,我至少可以好好看看你。这种飞蛾很少见。好像在我的收藏里已经十年没见过一只季托夫卡飞蛾了……"

普里特齐昂斯基什么都没听懂,非常快速地挥舞着他的翅膀。他自己都能感觉到,他挥翅的声音很大。在季托夫卡家乡附近的草地上,老飞蛾们还因此给他提过意见。

"等等,等等,兄弟,你的坐立不安表明你好像有什么话要说……或者是我错了?"昆虫学家开始倾听。还好,早上的寂静对他很有帮助。"其实呢,你根本就不喜欢沉默……所以,这个……这个……有什么危险……不对,有点不对。可能是有危险……哦,亲爱的,你,看来一定是遇到了一些麻烦。说话,再说一遍,对不起,拍拍你的翅膀。我懂你们季托夫卡飞蛾的语言。你到房间里来。前年,我和电子工程师一起发明设计了飞蛾仪,就是这种电子翻译机……"

普里特齐昂斯基使劲儿挥动着翅膀,并意识到这门是给他开的,就大胆地飞进了房间。昆虫学家也跟着进来了。

"坐在宝座上吧。"昆虫学家朝高高的木椅背挥了挥手。普里特齐昂斯基落到了椅背上。"现在我打开飞蛾仪……你看,屏幕上的波与我将要发给你的声音频率是一致的。仔细听着，兄弟，我们一定能听懂对方说的话。"

普里特齐昂斯基感觉，还有某个季托夫卡飞蛾也出现在了房间里。"你是从哪里来的，为什么要到这里来？"这只飞蛾问道。

"是生活在季托夫卡和斯维斯洛奇两河流域的飞蛾派我来的。我们遇到了大麻烦：蝙蝠正在消灭我们的家族。我们平静地出生，传授花粉。我们享受生活，也不妨碍别人快乐生活……但是，蝙蝠不给我们机会安享晚年和平静地死去。以后，季托夫卡飞蛾就会害怕来到这个世界……"

"为什么你们这么大意，让蝙蝠有机会轻松地猎杀你们……我知道你们飞得很快的。多年来，我一直在研究飞蛾，我意识到季托夫卡飞蛾是相当聪明的生物。虽然你们的大脑用显微镜才能看见，但你们会做很多事情，有很多知识……怎么会发生这样的事，以至于季托夫卡飞蛾失去了警惕性，成为劫匪轻松的猎物？……"

"我很难回答这个问题。我们的长老吉特·加奇科夫斯基都不知道原因……"

"不会是加奇卡领地代表诗人和哲学家王朝的吉特吧？"

"吉特的确出生在名为季托夫卡的河流的右岸，但他是不是诗人和哲学家，我不知道。"

"可以理解。继承了年复一年控制部落成员权力的季托夫卡飞蛾们，对从事诗歌和科学研究是保密的。对他们来说最重要的是，了解高级艺术和深奥哲学有助于他们经营家乡的草地，有助于他们做出合理的决定。"

"也许是这样，我不知道，我只是一个使者……但是，吉特·加奇科夫斯基转给您一封信。它就藏在我翅膀之间。"

昆虫学家走到普里特齐昂斯基跟前,小心翼翼地用指甲钩住了一个薄薄的蜘蛛网。一个枫叶做的小袋子落在椅子上。"我们将借助于显微镜阅读这封信。"声音从飞蛾仪的方向传到了普里特齐昂斯基的耳朵里。

昆虫学家坐到另一张桌子旁,将展开的枫叶放到了显微镜前。然后,他将键盘拉近,键盘通过一根细线与飞蛾仪相连,开始点击普里特齐昂斯基不认识的各种符号。

"昆虫学家陛下!"普里特齐昂斯基明白了,他正在读吉特·加奇科夫斯基写来的信件。

严重的状况迫使我烦劳您。季托夫卡飞蛾现在日子过得胆战心惊。从前生活在蝙蝠旁边,我们没有感到现在所处的这种危险。如果我们在这个世界上真的变得多余了,那么移居到另一个空间并与整个族群一起结束我们的尘世生活不是更好吗?但是,我们希望确信世界会保持现在的平衡状态。同时,我们的离去会不会给地球、水、整个生物界、我们所关爱的花朵带来巨大的不幸?如果我们知道这个星球完全不需要我们担忧,那么对我们来说,离开这个人间世界并不困难。如果需要我们,那为什么这种不公正行为会作祟?为什么蝙蝠对待我们就像对待末日的害虫?在多姿多彩的生命世界里,我们一直都有自己的位置。

尊敬的昆虫学家!如果连您都不知道出路何在,并无法给出答案,就把我们的使者留下吧。从马利扬·普里特齐昂斯基的翅膀上记下有关季托夫卡族群飞蛾的所有信息。没有谁应该不留痕迹地从这个世界上消失。也许随着时间的推移，会有人需要我们的生活经验。

此致

敬礼

十分感激您能阅读我及所有季托夫卡飞蛾的信函。

吉特·加奇科夫斯基

房间变得很安静，飞蛾仪也不再出声。普里特齐昂斯基感到胸中发热，压力加剧，感觉似乎他要被磁铁贴到墙上。一面墙上，普里特齐昂斯基看见了被压在玻璃下、凝固在白纸上的飞蛾们，豹灯蛾、赫准斯托斯舟蛾、鹰蛾、白灯蛾、斯维蒂亚兹湖美人鱼飞蛾……

"再补上一个季托夫卡飞蛾。"普里特齐昂斯基悲伤地想着。飞蛾仪又开始发声。昆虫学家叮叮当当地敲打着键盘上的按键，空气中传来翅膀的沙沙声。普里特齐昂斯基觉得他好像是在家乡季托夫卡附近。

"是的，发生了一件非同寻常的事。你们，季托夫卡飞蛾失去了一种重要的能力。即使蝙蝠离你们很远，你们也应该能听到它们的声音，隐藏在翅膀中的神经纤维有助于此。危险信号会让飞蛾改变飞行方向，以躲避掠食者……"

"但我们听不……"

"别急，普里特齐昂斯基，我知道原因。类似的事也有过。只不过不是发生在你们身上，而是斯维嘉希飞蛾。距离季托夫卡数公里的地方有一个美丽的斯维嘉希湖，那里的湖水中生长着一种有趣且富含维生素的半边莲。这是一种独特的植物。除了美丽，它还含有一种药用物质——洛贝林，这种药在需要停止或减慢呼吸时使用。顺便提一下,半边莲已被列入红皮书……这意味着它应该被特别保护……因为喜欢它的味道,又不怕水,所以斯维嘉希飞蛾就观察,看靠近岸边的地方哪儿有半边莲,吃它的叶子和花朵,但不知道吃很多半边莲根本没有益处。无限量地吃半边莲会使呼吸减慢,这样许多斯维嘉希飞蛾开始在飞行中失去速度,失去意识……"

"那我们呢?……"普里特齐昂斯基忍不住问道。

"而你们那里很久以前就有一种美丽的花——伊尔涅尔乌斯……以前,因为蜜蜂总是光顾这种美丽的花,所以你们采集花蜜时总是绕过它们。但是现在,据我所知,你们那里的蜜蜂越来越少了。业主将蜂箱运到其他地方,运到那些长着美丽的泛喜草的草地上。据说这种蜜源特别香,这些地方产的蜂蜜非常好吃。你们占领了蜜蜂的地盘,不知道伊尔涅尔乌斯根本不是你们的花。它会降低你们的敏感度,影响你们翅膀神经末梢的结构,其结果就是你们在与蝙蝠的斗争中失去了敏锐……"

"我非常喜欢伊尔涅尔乌斯花蜜……结果,无法收集到这种花蜜了?……"

"回去吧,把所有这些信息都传递给季托夫卡飞蛾。并且永远都要知道,在占据别人的地盘之前,在接受新事物之前和开始新的关注之前,你需要权衡很多事情……回去向吉特·加奇科夫斯基问好。赶紧回去,还能见到加奇科夫斯基,他比你年纪大很多……如果他不在了,你就把领导季托夫卡飞蛾的权力掌握在自己手中。这种情况下,不要失去理智,永远不要绝望,永远都要寻找一个合理的出路。让伊尔涅尔乌斯变回最受蜜蜂欢迎的植物,他们还会回到你们的草地上。你们不能冒险……只要你们放弃了伊尔涅尔乌斯的花蜜,灵敏度就会回到你们身上,你们将能够重新用智慧和计策与强盗蝙蝠相抗衡……"

昆虫学家走到门口,打开门,并挥手祝愿普里特齐昂斯基一路顺风。而飞蛾普里特齐昂斯基也扇动翅膀以表谢意,踏上了遥远的归途。与他一起在空中飞翔的,还有季托夫卡飞蛾对幸福生活的期许和生命在大自然中得以延续的希望。

矢车菊是如何忘记委屈的

阿列斯·卡尔柳克维奇　韩小也 译

故事发生在很久很久以前，还是在秋天之神热金巡察田野的那个时代。他早早地从自己的秘密小屋出来，环顾四周，用后脑勺上灵活的第三只眼睛查看他拥有的财产，沿着小径蹒跚而行。

在这样一个明朗的九月的一天，热金首先在菜园里转了一圈，看看女主人是不是又把胡萝卜或甜菜根扔在哪儿了。他甚至准备了一个亚麻布袋。他总是盯着每个人。当看到没人管的菜园，他就气得脸色发青，不止一次立刻当场就转身将所有的菜根和甜菜扔进空空的菜园。于是，凡是热金扔了他收集来的东西的地方，就会长出菜来。

"可正因如此，菜园才井然有序啊！"老爷子满意地说。

人们回忆起热金总是心惊胆战，因为他们总是担心会被热金诅咒……但是热金天性善良温柔，他只是喜欢一切井然有序，并关心村民们明天的生活。

村里人都很清楚：如果你晚上见到并且吓唬这个又老又毛乎乎的热金，那么饥饿就会等着你和你的家人。因此，他们一见到秋天之神,就迅速跑回家里,一边跑还一边说:"热金拿麻袋,饥饿院里来。"他们说是说,但对于一个理性的人来说,这样的见面就像一个标志:节衣缩食、节俭生活、福报常留。这样说来,热金就不可怕了,家家户户也就会有心仪的矢车菊和其他花朵盛开了。

清晨刚刚睁开它惺忪的睡眼,老爷子走出村外一个人也没有遇到。路过一两块犁过的地,在刚收割完的田地边上停了下来。"我一定会在这里找到小麦穗,不要期待我的仁慈!……"他试图让自己提前就开始生气,呼哧呼哧地走到前不久还在抽穗的黑麦地上。可是不管怎么说,田里干干净净,只有青草和美艳的矢车菊在使劲儿地朝着太阳生长。但不知什么原因,他们垂了下来,花瓣对即将到来的一天也并不感到开心。可天还不冷啊!"不,这里有些不对劲儿。"热金想道。他跺了跺脚,最后还是忍不住蹲下,摸了摸最大的一朵花的花瓣。

"我蓝色的小燕子,你为什么这么不开心?你的小妹妹和小弟弟们也都非常难过。不要悲伤,冬天还远呢。粮食都收好了,麦穗也打完了,过冬的谷物已经在粮仓了。有些谷物冬天会再次被撒到地里用于耕作……有些会被运到工厂……生活就是这样!……没什么好忧伤的!"

热金整了整他的花白胡子,还想说什么,但矢车菊的花瓣飘动,花朵轻声说道:

"热金,你知道,你——是你自己的主人。你自己能决定向谁因他的辛勤劳作而表达谢意,对谁因他的颗粒无收而进行惩罚……可我们总是在别人的控制之下。春天,起初我们都是一样的。我们向着阳光,享受温暖,汲取力量。黑麦的麦秆从麦苗里长出来,他们朴实无华,也不开花,却努力向上生长，我们无法跟上他们的脚步。"

矢车菊停了一会儿，忧郁地垂下了花瓣。秋天之神环顾四周，散落的花朵仿佛为田野铺上了蓝眼地毯。也许收割者为了不破坏这种美，刀下留情。矢车菊个头还没长高，他们就留在了田里，没有消失在收割的时节。

"热金，人们对我们的态度让我们感到委屈。农民在夏天来到田野时，他们欣喜，因为结实的麦秆托着丰满的麦穗，因为丰收在等待着他们。而我们虽然更美，但不为人所需要。那么，在这种情况下我们为什么还要活着？"

"哦，我的孩子，怎么能这么说呢？"秋天之神试图让矢车菊平静下来，"作物也好，你，矢车菊也好，还有生长在村边田野里的亚麻和荞麦，以及直接生长在路边的车前草，都是地球的毛发。没有任何一个，寒冷的地球就会变得更加贫瘠。"

"不，热金，说我们都是平等的，这并不是真的……否则，就不会有农夫出这样的谜语了。你听：'我们的肚子树上挂，树干小，树头大。'于是，农夫看到庄稼就会微笑。那是因为他看到了麦穗里充满的饱满麦粒。而我们的美丽……谁需要？"

"矢车菊，你错了。我不知道怎么才能说服你……但是应该会找到你和你的朋友们能听进去的话……我先离开一会儿，去找个帮手和你谈。"

热金起身，紧紧抓住他的拐杖，用手指向矢车菊做了点头的手势，吹吹他的胡子咧嘴一笑，然后就大步回了村子。

老神仙记得，不远处路边有一个手工石磨。这个已经完成自己使命，被磨坊主送走并永远安息的石磨里，藏着一种特殊的宇宙力量。人们只要靠近它，沿着狭窄的沟槽用手划一下，从前面粉就是沿着这个沟槽落下的，说出一个只有神仙们知道的神奇的词，就会像箭一样飞上天。热金把手放在石磨上，用手沿着凹槽划了一下，坚决地说道："光是喜悦，大地是美，天是永恒。"好像有一把钥匙打开了一个新的空间，几秒钟之后，秋天之神就感觉自己已经在天上了。但这时，他仍然思索了一遍自己所关心的事……

热金刚踏上一朵云彩，就去找谢塞拉，她是收割和农业女神。她正和朋友们有说有笑。但是，这些快乐女神刚看见热金就安静下来了。这是可以理解的。秋天之神在天上很受尊重，他是经验和许多异教知识的化身。

"热金，在这秋天的季节，是什么把你带到天上来了？"收割和农业女神问热金。

"和往常一样，你说得对，谢塞拉。我现在有很多事要做。放过一个懒惰的主人，而不严肃地告诉他，把收成留在地里是一个大的罪过，一年之后会倒霉！……第一年是十个菜园没有收成，再过一年就是三倍……但黑麦地里发生的事是如此令人悲伤，我无法忽视。"

"难道是这些田地还没有清理干净？！是庄稼还没被运到场院？这不可能！"

"不，谢塞拉，人们干活儿干得很出色……矢车菊看着割过的麦茬很悲伤，说他们无用。我承认，我很困惑。我知道他们在地球上很重要，但我无法让那些美丽的花朵安心……看来，我是老了……"

收割和农业女神陷入了沉思，严肃地看着仍然在开心娱乐的女伴们。

"我知道该怎么做。亲爱的热金,我们回地球去。谢谢你没有忽视这些鲜花,没有把他们的烦恼看成无病呻吟。"

在地上,当来到收割完的麦地时,热金让谢塞拉往前走,而他留在田地边上。

"矢车菊,别伤心。你们的美,给人希望的力量,以及整个夏天的让人赏心悦目,具有非常重要的意义。"收割和农业女神对下垂的矢车菊说道,"重要意义不一定非得体现在日常琐事当中。你们的任务远比你们自己认为的重要,比人类认为的更重要。你们给黑麦穗带来鼓舞,帮助他们沐浴阳光,帮助他们吸收热量和水分。你们不需要在麦粒的重压下屈身到地面。整个夏天就幸福快乐地生活,保持纯净的蓝色,吸收天空的色彩,让地球变得更加美丽。美丽和对未来的信念,这是你们的主要目标……当收割结束时,女人们和女孩子们就会来到你们身边,她们将你们收集成花束,编成花环,做她们的头饰……"

矢车菊脸上露出了微笑。

谢塞拉回到了天堂。第二天傍晚,女村民们来到了麦地。几天前,她们在这里收割,而现在,她们穿上最漂亮的衣服来采集矢车菊,一切都像谢塞拉所说的一样。

……同时,幸福的热金,拄着拐杖,站在村庄和田野之间,从远处瞭望着成片的矢车菊,他们用自己的蓝色将天地连成一体。

"让这些美丽的花朵欢欣鼓舞吧。所以,我想,明年还会如此。"秋天之神大声地断言,"而且我还有很多工作要做。晚上,我还得出去吓唬吓唬人。"

小兔子别里亚克如何救了黑熊托普特金

阿列斯·卡尔柳克维奇　韩小也 译

在杜廓拉这个地方,因为一个残忍的吸血鬼潘,农民从来就没过过什么好日子。他嘲笑和挖苦他们。如果谁家的牲口糟蹋了潘的田地,他就会杀死牲口的主人。

又胖又笨、眼睛里泛着恶毒红光的魔鬼奥什塔普给整个村庄都带来了恐惧。如果奥什塔普的马车出发去省城方向,杜廓拉人就会屏住呼吸,直到马车的车轮碾压砂石路面的噜噜声停止。即使是作为警卫和左膀右臂而为他服务的这些执事,也不喜欢奥什塔普。甚至有时,他们比斯米洛维奇或杜灵的同事还要善良。

也许正因如此,冬季狩猎期间,执事瓦西里又一次停下来偷偷对他的朋友说:

"佩特罗克,不想再拿我们这个吸血鬼主人的报酬了。奥什塔普现在连野兽都不放过。你知道吗,他坚信如果吃了熊的心脏,就能治好自己的病。"

"由于拼命喝酒和暴饮暴食,他毁了自己的心脏和胃,却在森林中寻找野兽当药吃,混蛋。而别人却在饿肚子。"

"别说话,佩特罗克。上帝保佑,别让奥什塔普听到我们的谈话,否则我们的脑袋就保不住了。我们最好给火堆里多加点劈柴,否则我们就来不及给食物加热了……嗯,这是必须的,我从餐馆订的去打猎的午餐。为了向邻居们显摆显摆,我还把菜单挂在了橡树上……"

附近,在离一棵百年老树不远的雪堆里,蜷缩着兔子别里亚克。由于看得入迷,他都忘记了危险。

帕尔马干酪板栗榛鸡汤
大份苏丹牛排
鞑靼小牛尾
百草羔羊蹄
穿鞋的鹅
腌桃子
蜂蜜油炸布谷鸟
鲱鱼脸
麋鹿唇
……

后面还有哪些菜,别里亚克都没来得及读。从那些执事一开始大声抱怨生活,他就不出声了,紧靠在雪堆上,所以看上去他就像个小圆雪球。当邪恶的执事说起吃熊心时,他几乎跌倒在雪地上。"这个潘……难怪爸爸和妈妈严厉警告我,即使在最冷的时节也不能跑到杜廓拉去吃苹果树的树皮……最好绕开他的庄园三俄里……"

在凝固的寒冷空气中,传来猎人的叫喊声和马蹄声。兔子谨慎地藏到了橡树后面。当不再担心站岗的执事会注意到自己,他就开始快跑,扬起了身后的飞雪……藏到了离那片空地一公里外的枞树下,兔子想稍微喘口气。对啊,还得想想怎么去救黑熊托普特金。显然,无论冬天,还是熊的冬眠,都阻止不了奥什塔普的脚步。相反,找到那个可怜的家伙更容易。哎,熊真幸运没碰到射手,而猎人也很幸运没有遇到熊。

在刚刚过去的冬天,兔子别里亚克遇到了一件不愉快的事。其实也没什么事,或者说,也就是一个小插曲吧……但是,后果可能是特别严重的。第一次霜冻刚刚过去。好像是下过了第二场雪,很小很小的一场雪……别里亚克呢,厌倦了在灌木丛里坐着,就跑出去玩儿。他头也不回地跑着,为能在广阔天地里自由自在地奔跑而欣喜若狂。后来,他饿了,就跑到村里去找白菜根和树叶充饥。说不定菜畦里哪儿还能有个胡萝卜呢,兔子用希望安慰着自己。一不小心,他落入了狐狸帕特里克耶芙娜的手掌心。帕特里克耶芙娜吃得饱饱的,对自己的生活感到很满意,尽管她不像从前一样灵巧,但抓住一只兔子还不愁。为什么不呢?是他自己送上门来的。

他们回到了树林的灌木丛里。帕特里克耶芙娜用钳子一样的爪子捏着这个可怜的小家伙,兔子的心颤抖得很厉害。而迎面,过去是桦树林,现在是松树林的地方,托普特金一瘸一拐、不慌不忙地走了过来。再过几天,他就要冬眠了。托普特金满脑子想的都是巢穴,但还是注意到了狐狸帕特里克耶芙娜,于是停了下来。而且,无论狐狸怎么狡猾,她都无处藏身,至少出于礼貌,也应该相互打个招呼。

"你这是从哪儿来啊,亲爱的?从哪儿抓到的这个可怜的家伙?"

"去村里做客来着，托普特金……"

"你就说母鸡们和公鸡库卡列维奇邀请你参加晚会了，那样笑声就会传遍整个森林。那你为什么抓个兔子？上次下雪的时候，别里亚克才出生……结果在这儿被你这个精明的狐狸给撞上了！……"

要说狐狸帕特里克耶芙娜非常害怕也是不真实的。

托普特金打算躺在巢穴中冬眠时，举荣圣架节已经快要临近了。而那时，狐狸和狼刚要开始划分各自在冬天的势力范围，没有任何保护者能给别里亚克提供帮助。但是一两个星期还有机会，要么在森林里，要么在通往村子的路上的某个地方遇到熊……

"亲爱的，你这是逮住只兔子，逮住就逮住吧。但是，这次让我们玩儿个游戏，我给你出三个谜语，只要你猜对一个，就让别里亚克原谅你，然后，虽然小点，给你当作晚餐。如果你同意，那就听着……'有翅膀不会飞，没有腿追不上'……"

帕特里克耶芙娜绞尽脑汁，也没想出来谜底。熊就抛出另一个谜语：

"上稻子田地，跳树皮栅栏，吃白色种子，等艳丽日出。"

"托普特金，我不知道，亲爱的！你快点出第三个吧！难道我真的那么傻吗？"

"'上山跑着上，下山滚下来'……想想吧，我们的条件还记得吧……"

狐狸没猜出来，于是痛苦地嘲讽自己说："好像我并不傻啊，但我的脑袋怎么不转了。"

"你也别磨叽了，听听谜底吧。第一个谜底是鱼，第二个是鸡,第三个是兔子。每个谜底你都熟悉,但你猜不出来。那请你放开兔子!"

狐狸帕特里克耶芙娜放开了兔子别里亚克。自那天起,过去了不止一个月。竟然会有这事,现在威胁已经笼罩在熊的头上了……

"不,回忆不能当饭吃,得干点什么。"经过长时间的思考,别里亚克翻了两个跟斗飞快地跑出去寻找熊窝,决定去熊的藏身之处把这个歪脚的叫醒。

别里亚克前面出现了一道小沟,他打算跳过去,于是加快速度,想靠速度越过去。但是,跳起来时却刮到了一棵细细的小白桦树苗的尖上,跌落在沟里。他平躺在沟底。别里亚克都快哭了。但是随后,一种从未闻过的气味飘进了敏捷的兔子的鼻子里。

"也许春天快到了?"兔子想。风吹不到的沟里的雪不是很硬,松散而柔软。有些地方,都露出了枯草和褐色的苔藓。

"……要是我叫不醒托普特金那可怎么办?他也不会马上就意识到等待他的将是怎样的不幸,他可能会离开熊窝并在某棵树下或灌木丛下睡着,将成为潘的狩猎部队轻松的猎物!如果……那可……"

兔子起身,抖掉身上的雪,蹦蹦跳跳地朝着村子的方向跑去。

是的,离熊窝越来越远,离要紧急救助的托普特金也越来越远。

黄昏时,别里亚克蹦跳着来到了杜廓拉,路过了潘的庄园。

虽然想在奥什塔普的城堡逗留一下,那里有灯亮着……但是他从旁边绕过了灯光跳到一个农户的小屋前。用爪子抓了抓门闩,然后轻轻敲了敲。农民睡得轻,没有等待很长时间。

"是谁在那儿敲季末赫的门?是谁想大半夜地耽误我的时间?"随着内门廊里的脚步声传来男人惊慌的声音。

"是我,兔子别里亚克……"

"你这是,小子,自己往炉子里钻啊……我要是一关门把你挤死,美味的早餐就有了。"

"叔叔,不要着急。是要发生不幸的事,所以我才来的。你们的奥什塔普要猎杀黑熊托普特金!"

"可哪个傻瓜在冬天会把熊从窝里弄起来的?!尽管奥什塔普这样的魔鬼什么都干得出来。真同情托普特金。他从不伤害我们,相反,他还在田里帮助我们。冬眠醒来时,他就在光秃秃的田里到处绕,除恶清野,所以我们才有好收成。"

"有人给奥什塔普灌输说,熊的心脏能治愈他的各种疾病。"

"让他少喝点,这才是最好的治疗……我们这些穷苦人,怎么救托普特金?"

"您听我说……熊三月七日那天会从窝里出来庆祝天使报喜节。现在离这一天还远,但是可以把时间拉近。让先祖原谅我们,也求得托普特金的宽恕。熊一醒来,从窝里钻出来,就会开始为春天做准备。他会变得很谨慎,对任何威胁都会很注意……"

"别里亚克,你说的我似乎懂了:需要庆祝迎春节,让托普特金在冬眠中明白该起来了。"

在杜廓拉和整个白俄罗斯以及斯拉夫世界的其他国家,

都有这样的习俗：庆祝迎春节。天使报喜节前一天，村民们会举行特别的仪式，准备熊的美食，做所谓的甜豌豆饼，煮燕麦冻，做美味的萝卜干汤。然后，在品尝了所有菜肴之后，他们就到院子里来回滚。人们认为熊就是这样从窝里出来的。这些话托普特金在窝里都听到了，其实他已经爬起来了。

"回森林去吧，兔子。"季末赫命令道，"我和邻居们会做好的。有人会在托普特金的窝附近看着。熊一爬出来，揉完眼睛，你就向他解释，让他不要因为被提前叫醒而生气。此外，你和他说：让他尽快逃离杜廓拉的密林，离肮脏的奥什塔普越远越好。"

别里亚克都做到了。尽管熊见到他感到很惊讶，但他专心地听着并且正确理解了一切。他从心底感谢小兔子，并迅速潜入了浓密的切尔文森林。

从那时起，杜廓拉的森林中就再也没有过熊。值得庆幸的是，这个古村落里也再没有过恶棍奥什塔普。但村里的人们还记得迎春节，当春天来临时，他们会给孩子们讲述兔子别里亚克和村民们营救黑熊托普特金的古老故事。

一年级学生斯维特兰卡的错误

阿列斯·卡尔柳克维奇　韩小也 译

离学年末仅剩屈指可数的几天了,神童学校的一年级学生眼看着长大了。像毕业生一样,他们也在期待最后的钟声仪式的到来。而且按照传统,和其他普通学校一样,在隆重的仪式上会有一个同学摇着摇铃从所有的教室门前跑过。安娜·彼得罗芙娜老师说,这个荣誉将属于一个女生。具体是谁她并没说,但她强调说,这个女生一定是学习最好的。第一排和第二排的女生们立即将目光转向了窗户。第三排的第一张桌子后面,坐着斯维特兰卡。虽然老师嘴角的微笑已经表明她注意到了大家的这种关注,但她什么都没再说。在临下课时,安娜·彼得罗芙娜老师简短地宣布:

"我们学校最后的钟声仪式将会是不同寻常的。土库曼斯坦大使将来我校访问。因此,在星期五,我们要写一篇题为'我所知道的土库曼斯坦'的作文。你们还有时间准备。哪个女生能更好地介绍这个遥远的国家,她就将很荣幸地在最后的钟声仪式上负责摇铃。男孩中的优胜者将收到礼物。"

情绪低落的男孩子们一下子都精神起来。而斯维特兰卡举手征得老师同意,问了一个问题:

"安娜·彼得罗芙娜老师,土库曼斯坦大使为什么来我们学校?"

"我自己之前也不知道,第一位土库曼斯坦职业画家是纳扎尔·约穆茨基,他很久以前就来绘制过我们的别洛韦日森林、周边景物、我们这里栖息的动物。也许,他还甚至到森林村庄里做过客……这位画家在他的故乡很受尊重。大使先生决定拜访这些地方,与接待土库曼斯坦画家的那些人的后人认识一下。要来的第一个地方就是我们学校。"

……斯维特兰卡认真地听着老师的话,并认为她的作文应该是最好的。而且,还有时间进一步了解土库曼斯坦。今天才星期一,可以去乡村图书馆,也可以到学校图书馆里找些东西,回家再和父亲或哥哥一起上网看看。哥哥谢尔盖读七年级,他经常说生活中所有的信息在网络上都有。

回到家后,斯维特兰卡向哥哥讲了她的担忧,谢尔盖认真听着,这和他以往的习惯有点不一样。

因为,小伙子立即决定取笑一下小妹妹。这个拿妹妹开玩笑的计划是瞬间想出来的。一年级学生虽然会用电脑,但还不会上网。"我给她收集一些有关北方动物和自然的信息,就说所有这些都是土库曼斯坦的……到时候就会闹笑话!……"

但是,经过一番思考,他认为斯维特兰卡可以猜出来,一年级也学过一些东西了。何况是神童学校,都是最聪明的孩子,那么,把南北方混为一谈就需要有技巧。

"不,我最好这么干。"谢尔盖最终决定,"我在互联网上收集有关北方动物的信息,对斯维特兰卡说,它们都生活在土库曼斯坦的沙漠中。例如,我将一头北极熊弄到卡拉库姆沙漠里……还有企鹅……或者把加拿大海狸也……"

"妹妹,我把一切都给你准备好。只要你给我时间,在Yandex、漫步者和其他搜索引擎中,什么都可以找到。"谢尔盖令人信服地解释说,"在把作文交给老师之前,不要向任何人夸耀自己的知识。"

"只是你别磨蹭,好让我来得及抄一遍。"斯维特兰卡高兴地说,因为她不用去图书馆了。这个叮嘱很重要,因为哥哥总是干什么都拖拉。但是,这次他却一心扑在电脑上。同学们拉他去踢足球他都不去,也很少去只有一公里远、与村子一墙之隔的森林。

"周三之前全都准备好,给你往笔记本上抄写留两个晚上。不用担心,周五你会最早交上作文的……"

说完,他们各自回房间了。斯维特兰卡回房间准备功课,她什么都没告诉父母。为什么要说?小女孩想,有关土库曼斯坦的作文暂时应该保密。

……一个白天和一个晚上过去了。星期二和星期三,在这个古老的森林村庄的学校里,大家谈论的都是土库曼斯坦大使的来访。图书馆员正在准备一个关于这个遥远国度的展览。白俄罗斯语言文学老师瓦茨拉夫·切斯拉沃维奇找到了一本马赫图姆库里用白俄罗斯语写的诗集。这本书是许多年前出版的,一直放在一个书架最上边的搁板上。瓦茨拉夫·切斯拉沃维奇翻阅着这本书,并重复道:"就没有我们不知道的诗人!……这才是真正的库帕拉!他曾满怀怎样的痛苦为土库曼人民的命运而写作啊……"

历史和绘画老师最近一直在思考如何找到有关纳扎尔·约穆茨基及其在俄罗斯首都的绘画复制品的某些资料。画家曾有机会去欧洲旅行，向法国和意大利绘画大师学习。他了解马雷、吉奥克杰佩、与土库曼斯坦相邻的希瓦、布哈拉、撒马尔罕，甚至阿富汗和伊朗边界地区的城堡、宫殿、寺庙、要塞。为了让别洛韦日森林留下永久的记忆，他来到这里，到布列斯特的大地上写生！这里的橡树林、松树林、桦树林都吸引了这位异域画家的目光……

周三，斯维特兰卡急匆匆地赶回家。她感觉已经什么都来不及了，她想尽快知道哥哥都找到了什么。还好，谢尔盖已经在家里了。她刚打开门，就迫不及待地说：

"快说说！我得写作文了！……否则，我就来不及也没法赢得比赛了！"她气喘吁吁，从肩膀上把书包甩在过道里，脱下鞋子，跑向谢尔盖的房间。

"拿一支铅笔过来，记吧。"

哥哥按了一下键盘，并打开了一个预先准备好的文件夹。

他在屏幕上翻阅了几页，蓄谋已久地对妹妹眨了眨眼，解释说：

"前两页当中，我放进去的是有关自然的信息。顺便说一句，这是一个与白俄罗斯完全不同的有趣的国家。"

斯维特兰卡和哥哥一起读着，土库曼斯坦大部分领土是沙漠。穿行数百公里，到处都是黄沙。沙漠中水很少，只有几条河流和卡拉库姆运河。稀少的水井一般都被隐藏起来，以至于并不是每个旅行者都能找到。即使是有葡萄园的绿洲中，在炎热季节时也最好藏在阴凉的地方，因为即使是习惯了当地气候的土库曼斯坦本地人也可能被阳光晒伤。

"看见了吧？不仅是人在这里居住不容易，就连动物都非常困难。"哥哥评论说。

"那里有什么动物？"一年级的妹妹问道。

"有麋鹿、海狸、北极熊，也能遇到野牛……"

斯维特兰卡说："原来和我们的森林一样，只是不明白，为什么北极熊在黄沙中生活，而他们却是白色的呢？"

谢尔盖担心有些东西会引起妹妹的怀疑，因此急忙继续说：

"这个，我不知道……我自己也没去过沙漠。只能相信互联网……网上还有海豹、企鹅、海象、野牛的信息……"

"有些动物我是第一次听说。"斯维特兰卡把笔记本放在膝盖上，记下了土库曼斯坦动物的名字。

"你看好了，别弄错了。最主要的是，写好的作文别急着给别人看。"

放学后，斯维特兰卡休息了一会儿，吃了午饭，把课本和笔记本铺在桌子上。打开笔盒，选了一支喜欢的笔，在崭新的笔记本上写道："作文——我所知道的土库曼斯坦。"

"土库曼斯坦离我们白俄罗斯很远。地图上，它被标为黄色。这不是巧合。与遍地森林和湖泊的我们国家不同，那里有很多黄沙。和煦的阳光和明媚的天气很少，取而代之的是下雨和恶劣的天气。土库曼斯坦人特别珍视的就是水。土库曼斯坦的大自然中动物品种丰富，有驼鹿、野牛……"

一年级的小妹妹似乎握得紧紧的钢笔不知怎么总自己往一边跑，字也写不整齐了。斯维特兰卡举起笔，仔细地看着它，并没发现什么特别之处。她继续写道："……北极熊在沙丘最上边找到了安身之所，而企鹅在卡拉库姆运河的岸边建了自己的巢穴……"

小女孩刚写完"企鹅"这个词，一滴墨水便滴落在笔记本上。还没等斯维特兰卡发现，墨水已经扩散到了整个页面上，把最后几行给涂抹掉了，最后几行写的是关于卡拉库姆运河岸边的驼鹿、野牛、北极熊和企鹅的内容。墨迹到处都是，有些地方聚集成小的墨滴，这些小墨滴高高地飞溅起来，有几滴溅到了女孩的脸上。

突然，其中一滴开始呈现出一种莫名其妙的轮廓，最后变成了一只不知名的动物或不熟悉的鸟的形状。

"愿美好的一天进入你的家门！"这个形状开始礼貌地叽叽喳喳说着，不仅超越了斯维特兰卡的文字，也超越了她的思想。"我是格陵兰岛企鹅……"这形状笑了，"感谢上帝，不是卡拉库姆企鹅！……据我了解，你是森林神童学校可爱的学生斯维特兰卡·谢苗诺维奇吧……"

"是的。"斯维特兰卡只说了一个词。

"很不好意思，借助于墨迹来到您的笔记本上。但是没有其他办法了，我们企鹅不住在卡拉库姆沙漠里！这太恐怖了！五十摄氏度的高温！在那里，我们企鹅非被烤成炭不可。还有白熊、海象和海豹也一样……想象这样一个画面：三米甚至更长的海象，重约两吨，多少年一直在冰面上，突然掉入了卡拉库姆运河的温水中。而上哪儿去找数百只壳类软体动物给海象当食物？不，斯维特兰卡，对我们来说，作为北方的动物，生活在沙漠里，还有卡拉库姆运河的岸上，甚至在里海的岸上会很难受的……"

"是谢尔盖告诉我的,他在互联网上找到的这些信息……"女孩的眼中闪着泪水。

"是的,这好像写得不对。都是你哥哥……不仅不帮忙,还故意颠倒黑白。但我给你讲一个充满智慧的童话,这个童话是通过游轮从非洲带到我们企鹅国度的……很久很久以前,野兔和鬣狗是特别好的朋友。有一次,他们决定去给一个农民干活。他们在农民的田里工作了很多天。雨季一结束,农民就和他们把账结了。他并没有给工钱,而是给了他们一头母牛和一头公牛。在分配收益的时候,野兔让鬣狗要了公牛,而把母牛留给了自己。每次鬣狗来野兔家做客的时候,野兔都会用美味的新鲜牛奶招待他。有一次,野兔对鬣狗说:'你无论什么时候来拜访我,我总是用牛奶来招待你,但是你什么东西都没给过我,这不公平。'鬣狗在为自己的辩护中唯一可以说的,就是公牛没有牛奶。'不产奶的动物还有什么用?'野兔问道,'宰了他不是更好吗?'鬣狗同意了。于是他们杀了公牛,把肉分了。吃完肉后,野兔拿起公牛的尾巴,将其埋在地下深处,只露出一个牛尾巴尖。然后,他去了鬣狗家,答应给他弄一头母牛。他们一起来到了埋葬牛尾巴的地方。野兔对鬣狗说:'这里能长出母牛。你看,牛尾巴的尖都长出来了。你抓住牛尾巴使劲儿往出拽!'鬣狗就使尽全身力气拽牛尾巴。尾巴一下子从地里被拽出来了。野兔开始大吼大叫,说鬣狗弄断了他的母牛的尾巴,而母牛已经沉入地下去了。鬣狗只好赔给野兔损失。第二天,野兔说服鬣狗挖了一个坑,以便找到那头母牛。据他说,那头母牛应该就在地下。当坑挖得很深的时候,鬣狗就下到底下去看,看看那里是否有母牛。野兔就用土把他埋上了。这样,他就摆脱了总是愚蠢得让他恼怒的鬣狗。因此，斯维特兰卡，即使来自朋友的建议，也不能都听啊……"

小女孩伤心地默不作声，认真地听完了格陵兰岛企鹅的故事。她很痛苦，因为谢尔盖把她当成傻子一样欺骗，而且还是自己的哥哥。更痛苦的是，她将无法赢得关于土库曼斯坦的最佳作文的比赛。于是，她想哭。

格陵兰岛企鹅再次打破了沉默：

"即使不是所有的事，但还是有很多事是我们力所能及的。现在最主要的，是找到一个干净的笔记本……"

"笔记本当然有。"女孩小声地回答道，声音小得也就刚刚能听到。

格陵兰岛企鹅已经有了一个特别的计划，建议斯维特兰卡进行一次真正的旅行。格陵兰岛企鹅暂时将她变成一个带按钮的拇指姑娘，并用翅膀将她带到国家图书馆。而且将在晚上进行，这样就不会有人干扰她在书架上旅行，阅读必要的百科全书，或浏览地图集。

"但是，尊敬的斯维特兰卡，你家里会让你出来吗？"

"在电视播放《摇篮曲》后，我就祝愿爸爸妈妈晚安，并假装要睡觉了。也不让谢尔盖发现我已经知道他骗了我。"

"那就好。那我们今天就去图书馆……"

"但是据我所知，亲爱的企鹅，您不会飞。并且，很抱歉我这么说，您几乎没有翅膀。"

"如果说实话，那么我们企鹅真的不会飞行。我以前也是一样的，直到我变成了童话中的魔法师和格陵兰企鹅善学教授。这是很多不同寻常的条件促成的。关于这些，希望我们还有机会详细地来谈，要不就下次见面时谈。现在，我们得抓点紧。不要怀疑，我不会骗您的。唯一要记住的是我们旅行的善意目标。因此，他们授予我这样的称号——善学教授……"

斯维特兰卡表示全都同意。她没有和欺骗她的哥哥说自己的心事。电视上的《摇篮曲》放完后，她就祝愿了大家晚安，回到了房间里。

过了一会儿，格陵兰岛企鹅就带着斯维特兰卡到了国家图书馆。飞行中，小女孩想了很多，也有忐忑。她担心自己的知识量可能不够，不能在一个晚上的几个小时内就迅速了解一个陌生的国度。格陵兰岛企鹅一路上也一直保持着沉默。当他们到达目的地时，他说：

"别担心，斯维特兰卡，他们知道我们来图书馆。一会儿，比布里奥菲尔·比布里奥菲洛维奇爷爷就会来。看到他直垂到地板的花白胡须，不要感到惊讶，那是他多年来为书籍服务所获得的知识。老爷爷会把你原来的个头儿还给你，你不要吃惊，他还会帮助你找到相关的参考书和百科全书。最主要的是，仔细听比布里奥菲尔·比布里奥菲洛维奇说的话。完成任务后，我就回到您身边，我们将飞回家里。早上之前必须回到床上。"

的确，很快出现了一个留着花白胡子的老爷爷。他向女孩友好地打了招呼，抓起她的手，将她领到阅览室，让她坐在一张桌子旁边。然后他就消失在黑暗中的某个地方了，过了一两分钟，他拿来一个台灯。显然，台灯是装电池的。这手提式小台灯还有一个好看的绿色灯罩。

"尊敬的斯维特兰卡，您有没有电子笔记本？"老爷爷问道。

女孩否认地摇了摇头："嗯，没有。"

"您会用吗？我给您拿一个来……"

"是的，我在哥哥那儿见过，带屏幕、键盘，还有一支电子笔。谢尔盖经常……"

"好吧，斯维特兰卡，我们不谈谢尔盖……当然，我已经知道他对互联网着迷的后果了……我现在就把笔记本和需要的书拿来。在书中，我们将找到许多有关土库曼斯坦的有趣信息。顺便说一下，这是最有趣的一个国家。"

斯维特兰卡不知道在图书馆里待了多久，但是确实有很多发现。显而易见，土库曼斯坦没有也不可能有北极熊，所以沙漠不是企鹅的故乡。除非有时可以在首都阿什哈巴德的动物园里见到它们。但是，卡拉库姆沙漠是骆驼、绵羊的家园，是大蛇栖息的地方。斯维特兰卡还了解到，骆驼是一种耐力很强的动物，能连续十到十三天在沙漠里滴水不沾，能以长着长达五厘米的钉子一样尖刺的骆驼刺为食。

斯维特兰卡还了解到，诸如阿雷克[①]、塔克尔[②]、克亚雷斯[③]这样的事物和现象对一个阳光充足的炎热国家的居民意义有多大，她在地图上研究了菲鲁扎绿洲的位置，找到了山上郁金香开花的日期，弄懂了什么是棉花，什么瓜最好吃。

清晨回到家后，斯维特兰卡没有上床睡觉。翻阅了比布里奥菲尔·比布里奥菲洛维奇送给她的电子笔记本，她将自己所了解到的知识认真地誊写到一个全新的笔记本上。

---

① 阿雷克是中亚的一种灌溉沟渠（译者注）。
② 指沙漠和半沙漠地区的盐渍土壤——塔克尔土壤干燥后形成的浮雕形状地貌（译者注）。
③ 即坎儿井（译者注）。

临上学前，作文写好了。斯维特兰卡提前一天写完了作文。

……无论安娜·彼得罗芙娜老师，还是白俄罗斯语言文学老师，对最佳作文竞赛的获胜者都没有任何异议。回到家里，斯维特兰卡也没有告诉任何人她的作文被评为了最佳作文。看到妹妹在学校最后的钟声仪式上手摇铃铛跑遍所有班级时，谢尔盖非常惊讶。他时而看看斯维特兰卡，时而又看看土库曼斯坦大使。他甚至想："弄一篇野牛和驼鹿在沙丘上吃骆驼刺的作文好了！……"

森林学校的一切都深受尊贵的客人喜欢，明亮的教室、宽敞的大厅和学校博物馆，博物馆里增加了一个新展台——关于画家纳扎尔·约穆茨基的资料。而且，大使还想和摇铃的女孩谈一谈。

"您知道，我们并非无缘无故让这个女孩向毕业生宣布这一学年即将结束的。她是以'我所知道的土库曼斯坦'为题目的最佳作文的作者。"学校校长告诉大使。

他们在学校里去找斯维特兰卡的时候，在白俄罗斯工作了很长时间并且对白俄罗斯语非常了解的大使仔细阅读了这篇作文。斯维特兰卡走进老师的办公室，大使高兴并充满感激地谈到了她的作文。最后，带着友好的微笑看了看老师们，说道：

"我们大使馆也会奖励斯维特兰卡——土库曼斯坦之旅。如果我们年轻的卡拉库姆专家能和她的父母一起去，那就太好了。你家里还有其他人吗？"

"有，我的哥哥，上七年级的哥哥谢尔盖。"沉思了片刻，她又补充道，"可以让他也去土库曼斯坦吗？"

"为什么不呢？如果你们全家一起访问马赫图姆库里的故乡，并带来白俄罗斯兄弟的问候，我们只会感到高兴。"

大使立即表示同意。

……斯维特兰卡像长了翅膀一样飞奔回到家里。还能怎么样呢？多么好的消息！她想起了善学教授格陵兰岛企鹅。必须找到他！还有比布里奥菲尔·比布里奥菲洛维奇爷爷。真想知道他们住在哪个童话里。

全家人都在门口迎接斯维特兰卡，可能是先回家的谢尔盖将一切都告诉了父母。爸爸抱起女儿，大家异口同声重复着：

"恭喜！恭喜你，我们亲爱的小土库曼人！"

"但是你们还不知道主要的奖项……我们将全家一起去土库曼斯坦旅行！"

"旅途愉快！"谢尔盖红着脸，强挤出几个字。

已经被爸爸放下来的斯维特兰卡自豪地看着哥哥，很庄重地说：

"我们要四个人一起去——妈妈、爸爸、谢尔盖和我。而你呢，哥哥，我尤其要感谢你，是你让我最近几天了解了土库曼斯坦，了解了沙漠居民、卡拉库姆运河和其他很多东西。"

"怎么！……是我……为什么……"哥哥更加脸红了，有些前言不搭后语，"我不明白……"

"亲爱的，你只是不读童话。"斯维特兰卡说。

妈妈已经在厨房叫大家了，请大家到餐桌旁就座，以庆祝这节日般的一天。

斯维特兰卡让父母先坐，回头看了看已经恢复正常一些的谢尔盖。

"斯维特兰卡，你应该像鬣狗一样吞了我！"

"我就是鬣狗。"斯维特兰卡笑了起来，"只不过是一只友善的鬣狗。走吧，我们去享用妈妈的佳肴。而去土库曼斯坦，我们可以吃葡萄，品尝传说中的古莱贝甜瓜。一定还要骑骑骆驼，好吗？"

"好！"

谢尔盖和日热尔是如何挽救杜松的

阿列斯·卡尔柳克维奇　韩小也 译

复活节——大斋日，一直是一个家庭中最重要的节日。妈妈总是最早醒来，准备最后需要准备的美味，主要的菜肴已经准备好了。对大家还没有动过的菜肴进行察看的时候，妈妈的眼神落在火腿上："现在，给任何客人送上面包和盐[①]都不会不好意思了。"爸爸补充说："我们的餐桌上真是除了鸟乳应有尽有。"妈妈委婉地反驳说："但是，佩特罗，如果香肠闻起来有烟熏和森林的味道，那么香，还要什么鸟乳啊。"于是，大家纷纷就座……

这次，谢尔盖说服了爸爸带他去熏烤房值夜班。他们来到托马什爷爷那儿的时候，天已经黑了。而熏烤房运作如常。距值班室的板房几米的地方，一个不大的坑里燃着火。从那里有一道沟渠通向熏烤房，沟上面铺着木板并盖着薄薄的一层土。火只在坑里燃烧，而烟通过这道沟渠，也就是这条奇特的管道飘着。烟雾又甜又浓，似乎可以品尝到这种整个菜园里都弥漫着的味道。

---

① 送上面包和盐指款待贵宾（译者注）。

"谢尔盖,你到火堆这边来。"父亲注意到儿子用拳头擦着眼睛,对他说,"我们背对着风站,再把树枝扔进火堆里。"

"那我去小屋了。我早上来接替您。而你呢,谢尔盖,学学怎么干活。"托马什爷爷用手碰了碰谢尔盖的肩膀,"美味的食物是不会自己飞上餐桌的。"

老头儿本想拐到房子那边,但是,也不知是什么东西让他留在了火堆旁。

"我爷爷,"他又开始说,"曾给沙皇的作战部长当了二十多年的厨师。回到家乡杜灵,一直滔滔不绝地和别人讲述将军的美食。他说猪肉很受尊崇,煎的、煮的、熏的都有。用猪头肉、腰子、肠、肚和所有其他内脏煮肉冻。爷爷还给我们做过加大蒜和辣根的肉冻。用肠子做香肠,里面不仅塞满肉,还塞鸡蛋、面粉和荞麦粥。他把鸡肉裹上白菜蒸,这样的白菜被称为富贵白菜。上桌前,往白菜里放点牛奶,会显得更白。"

"去休息吧,托马什叔叔,否则您会让我们开斋节胃口大开的,我不知道谢尔盖怎么样,反正我是要去小屋里找好吃的了。否则,我们可熬不到早晨。"谢尔盖的爸爸笑着说。

"哦,佩特罗,开斋节也会做好吃的。"托马什怎么也不愿意离开飘着烟的菜园,"不仅吃白菜、烤豌豆饼,还做麻油荞麦粥,燕麦冻配薄饼和蜂蜜。烤蘑菇面包,馅料里加小米。甚至还有豌豆奶酪……不,你说的是对的,佩特罗。我得回屋里休息了,以免把你们弄得大晚上云山雾罩的。"

谢尔盖已经习惯了被烟熏着,他还将云杉的嫩枝扔进火里。突然,他感到一根树枝刺了他的手一下,很疼,像针扎一样,他甚至尖叫起来。

爸爸在旁边说:

"当心,儿子。云杉的嫩枝在最上面,柴火堆里面是杜松。今天白天,我们从博尔恰克,就是斯洛博达郊外拉回了一大车杜松。我冬天时就注意到了那个地方。火腿用杜松熏过后味道特别浓。"

谢尔盖听了这些话愣住了,他把树枝放在了坑边上,并没有丢到火堆上。

"真的是杜松吗?"他想起了最后一节自然课,"瓦西里·瓦西里耶维奇讲过,杜松是最有价值的森林作物之一。而且,它生长非常缓慢。但是,杜松会长成高大的树木,长到十到十二米,甚至三十米。有些杜松树可以存活五百到六百年,甚至一千年。为什么要砍伐它们呢?"

父亲一直在调整着火堆里的树枝,并没有立即注意到儿子在干什么,也没有听到儿子说话。男孩跪在火坑边上,忧郁地用拳头撑着头,认为自己白高兴了,本来希望能帮助托马什爷爷和爸爸熏火腿。而现在,他简直就想撒腿往家跑。

"谢尔盖,你是不是睡着了?"父亲小心翼翼地碰了一下儿子的肩膀,"要不我送你回家?我这就扔点潮湿的杜松,没等它们烧完,我就回来了。"

"我没睡觉,爸爸……都是因为杜松!!"谢尔盖抬起头看着父亲的眼睛,"为什么……"

"受伤了,儿子?"父亲一头雾水,开始抚摸儿子的手掌。

"爸爸,你怎么能不明白,杜松不能砍伐!早就应该将它列入白俄罗斯红皮书了！可……我们为了熏火腿还要烧多少杜松啊！"

谢尔盖的眼睛湿润了。佩特罗意识到儿子说的是认真的。

再怎么说杜松味道好，火腿的味道会更好，也说服不了他。

"亲爱的儿子，但大家都是这样做的。杜松年复一年地被砍伐……虽然，也许你的话有道理。今年就比去年难砍了。我也知道它成长得慢，因为它不是藤蔓植物……但是，谁会告诉我们如何改变这种状况呢？"

佩特罗自己也陷入了沉思，想知道下一步该怎么做。也许，实际上，为了使杜松得以保留，需要改变一些什么……他站起来，朝火坑走了几步。这时，火焰猛烈向上着起来。佩特罗甚至感到很惊讶。他感觉，似乎菜园上方的半边天都被照亮了。

谢尔盖跑到父亲身边，吓得几乎抓住他的袖子，并大声喊道：

"爸爸，你看，火里有个人！"

佩特罗惊讶地眨了眨眼。在花园的上空，甚至一跷脚就可以够着，一个眼睛大大的、红红的，留着大胡子的老人飘浮在火光里。父子俩依偎在一起，不知道怎么办才好。

突然，那个火中的老人说话了。他一边说，从嘴里还不断地有火花撒下来：

"佩特罗，你的儿子不认识我，但你是个乡下人……你认不出我吗？前年，阿格里宾纳的谷仓着火时，我们见过面。你首先冲上去灭火。当消防员没赶到时，你还聪明地组织人救火。"

"真的是日热尔,火神?还是你在跟我开玩笑,老人家?"

"不,佩特罗,日热尔不会开玩笑。你还记得去年夏天谷仓附近的稻草起火吗?……那时你就大胆地扑灭了火焰。尽管有些村民像机灵的兔子一样,头也不回地跑得无影无踪。像你这样的人不能不被尊重。而且,你的儿子谢尔盖显然也不会比别人差,否则他也不会忧心忡忡。"

"就连我,日热尔火神,对这小子的成长都感到惊讶。从来没有人会为杜松担心,但谢尔盖为此心痛……"

火神将身体伸直,在夜空中升得更高,身后飞出一束火花。一两分钟后,日热尔再次对佩特罗和他的儿子说:

"亲爱的,请你们放心,我会对你们有所帮助的。最主要的是,拯救杜松的愿望必须是真诚的。"

日热尔似乎静了下来,停了很长时间。这时,谢尔盖拉了一下父亲的衣袖说:

"爸爸,我们请日热尔吃点好吃的吧……他就会对我们更好的……"

佩特罗打开了熏烤房,从咸腊肉边上切下了一片,拿出来放到火堆旁。很快,火苗就舔着鲜红色的肉片。

端上来之后,日热尔马上就过来吃了起来。一束火花再次划过天空。

"我和雨神沃加尼克是好朋友。"他开始打开了话匣子,"现在,我就让他把乌云驱赶过来,让他今天夜里好好干点活儿。杜松早晨就会变潮湿。这样一来,一周之内它都不会干。湿木头有什么用呢?"

"谢谢你,日热尔火神。"父子俩不约而同地欢呼雀跃。

"先谢谢您。主要的还在后面,我们需要告诉大家为什么不能砍伐杜松。但实际上，为什么不将其列入白俄罗斯红皮书呢？"

似乎日热尔还想说些什么，但是雷声大作，闪闪发光的火神在黑夜中消失了。雨水从天而降，而且下得很大，父亲和儿子不约而同地跑到老托马什的屋檐下避雨。

"这雨，谢尔盖，实在是太大了。"把外衣披到儿子的肩上，佩特罗大喊道。

雨水在屋顶和地面上哗哗地流淌。

父亲安慰着儿子，尽量大声地说着：

"谢尔盖，我们要去有熏烤房的各家各户，请大家不要破坏美丽的杜松树丛。我会和锯木厂的主人商量好，让他允许所有开熏烤房的人家去拿松木和枞木板，需要多少就拿多少。"

"我呢，爸爸，我让老师跟你一起去拜访熏烤房的主人们。他懂得很多，会告诉大家杜松具有哪些药性，以及如何将其用于医学。"

"我认为，谢尔盖，你肯定行。你是真的热爱大自然。请原谅，我因为每天的忙碌却错失了对大自然的关怀。"

白睡莲的星际之路

阿列斯·卡尔柳克维奇 韩小也 译

这是很久以前的事了。那时候,大小村庄到处都被森林包围着,人们狩猎捕鱼。在某些地方,村庄周围一小片一小片的土地上种着黑麦、荞麦和小米,他们就以此为生。如果驯服了一些动物,那么也给这些动物完全的自由。猪生了小猪,女主人把小猪稍稍养大一点儿,就把他们放出去自由奔跑。到处跑,养足膘,天冷了再回来,他们总想自己用脸把牲口棚的门打开。直冲云霄的橡树和云杉林里生活着各种野兽。猎人到村外去打猎,沿着森林小径走几步,刚举起枪,还没等开枪,黑色的松鸡已经落在他的脚下了。主人只要一想,要是能给孩子们用松鼠皮弄件大衣过冬就好了,附近树上就会蹦蹦跳跳出现十几只红毛松鼠。

那时,有很多仙鹤。白毛红腿、漂亮的鹤和人们友邻而居。有时,鸟类和村民会庆祝共同的节日。人们帮助长腿的旅行者装饰巢穴。在村庄的中心,一条街道通向一条小河,将村庄与草地分隔开来。博列舒季们——当时这样称呼村民,从小屋中搬出长椅摆好,拿出来椴木板桌子。年长者坐在长椅上，年幼的坐小板凳和长条凳。给鹤在木盆里撒满食物，将蒸好的萝卜放在用树木掏空做的长木盆里，然后将炸青蛙放在上面。这是仙鹤重要的美味佳肴！……将小盐罐放在木盆旁边。鹤就享用青蛙和萝卜，然后将其长喙戳入盐罐中，再到木盆这边来吃青蛙和萝卜。

博列舒季们和仙鹤聚在一起庆祝圣三一主日。早晨，人们把小屋的门用桦树枝进行装饰，窗框用枫叶装饰，新鲜香草随意铺在地板上。年轻妇女们就直奔森林。她们在森林里选出最美的女性，从头到脚都用枫树装饰，只给眼睛留出个小缝隙。

鹤群也等待着节日的游行队伍从森林中走出来。他们在女人们的头顶上飞着，兴奋地尖叫着，希望能享用到美味的晚餐。

一首深情的歌曲在村庄的上空回荡：

噢，我们的森林可真大，
绿枫树编织库斯塔。
先生们，快从新房子把金币拿
哪怕只有一枚，给最美的姑娘库斯塔。
因为小脚库斯塔，需要小鞋和小袜。
我们小脚库斯塔，需要小鞋和小褂。

傍晚时分，大家都坐在节日的餐桌旁，充满着欢歌笑语。但偶尔，从盛宴的某个角落，传来悲伤和忧郁的音调。洛迪默爷爷给孩子们讲，很久以前，村里的人们与当地所有森林居民生活得很融洽，尤其是仙鹤。而当仙鹤杨卡开

始过来听老人讲故事时,洛迪默想起了这样一个故事:

"这还是我的祖父讲过的一个重要习俗。村里的人们总是从你们那里,"老爷爷转向了杨卡——长鼻子、穿红靴子的鹤那里,"等待收成如何的提示。当人们发现春天第一只鹤从温暖的地方飞回来时,主妇们就会拿出自制饼干来喂这些远道归来的旅行者……为什么仙鹤夫妇在谁家安家,谁家的主人就会被认为是幸运的呢?因为对我们而言,鹤是圣鸟。杀死鹤是大罪过,很少有哪个恶人敢这么干……"

洛迪默还告诉他们,博列舒季们还仔细观察鹤在巢中的生活,因为他们知道,仙鹤的很多生活迹象,都是对人们明天生活的一个提示。孩子们和鹤杨卡都在专心听着老洛迪默的故事。

"如果鹤从巢里把蛋抛出来,那么今年一定会是好年景,可以用卖鹤蛋的钱买粮食。但如果是鹤把雏鹤从窝里赶出来,那就将是糟糕的荒年,你就买不了粮食……那现在呢?杨卡,我们今年会有粮食吃吗?"

杨卡把喙抬得更高,忧伤地看着老人。

"你怎么,杨卡,没有微笑呢……"

"今年一切都应该会很好。"鹤说道,"不,我没有难过。相反,我为你们感到高兴,博列舒季们,你们会工作,也会休息,而且还会出谜语。今年春天,我在我们村子里听到了这样的谜语:'一只鸟飞过牧师的屋顶,穿着高勒红色靴子落在门上。'……"

"这是一只仙鹤!"孩子们异口同声地喊道。

洛迪默整了整胡子,黑黑的眼睛先是瞄了一眼杨卡,然后又瞄了瞄一个小女孩。

"我要给你出这样一个谜语:穿着红靴子,爪子藏起来，走在沼泽地，灵巧捉青蛙。"

"仙鹤！仙鹤！就是我们的杨卡！……"孩子们大声地叫起来。

而洛迪默这时正仔细地看着杨卡。

"而你，杨卡，是有什么事让你担忧吗？……"

杨卡来回转了转头，好像在琢磨是否要说话，但他还是决定说了。

他对大家说："我不知道你们是否会理解我。也许，我关心的不是节日，不是三一节……但是，请听我说。"杨卡努力把每个字从心里说出来。"你们都是这么有爱心的好主人。你们的菜园鲜花盛开，而我们的池塘却是空的，也许最靠近岸边的有些地方还有点什么草和芦苇……其他地方都是水，就像一面镜子。"

孩子们不出声了，老洛迪默也陷入了沉思。洛迪默的小儿子科斯图西开始倾听他们的对话。他二十岁，和父母住在一起，但是已经把亲爱的纳斯塔西娅带回了家中，还给他生了个儿子。女人不在桌旁，因为儿子还小，需要哄他上床睡觉。

"父亲，如果……怎么办？"科斯图西刚开头，洛迪默已经明白了，仿佛读懂了他在想什么。

"真的，儿子。如果不是过节，什么时候会去寻找美丽的花朵呢？"

一位长者反驳说："你今天又不是库帕拉。"

"朋友们，别急。过伊万·库帕拉节[①]，人们会去寻找蕨类植物的花朵，那庆祝三一节，我们的目光应该朝着星

---

① 伊万·库帕拉节又称伊万·库帕拉之夜，即圣约翰节，也称仲夏节（译者注）。

星才对。而我的科斯图西拥有特殊技能，他打猎不只用枪，而且弓箭射得准。让我们在午夜点燃篝火再唱起歌吧：'哦，三一节，最神圣的圣母啊。哦，我种上亚麻，让它茁壮成长吧……'年轻妇女和女孩们将'美人鱼'送到黑麦田……而科斯图西将带着弓和箭去森林。去干什么？明天早上你们就知道了……"

节日过完了，每个人都带着笑声、歌声、开着玩笑回家了，杨卡也飞回自己的巢。而科斯图西拿起祖父的武器去了森林。他来到一片宽阔的草地，在天空中找到了银河，选了最大的一颗星星，射了一枪。

金星四溅，掉在地上，闪闪发光的小星星成了流星雨。然后，科斯图西去了森林的另一边，靠近池塘那边，又开了一枪……

早晨，杨卡天刚亮就飞到了池塘，得给小鹤们抓青蛙做早餐了。在草地上绕了一圈又一圈，并没去看布满美丽白色斑点的池塘的水面。飞得更近一些，宽阔的绿色叶子上开满白色花瓣的花朵让他感到很惊讶。

岸边，老洛迪默带着鱼竿躲在芦苇丛中注视着杨卡，他也在为早餐操心：他想为他的孙子们钓上来哪怕半打鲫鱼也行啊。但是有一两分钟，由于看到满池塘的可爱的白睡莲过于高兴，老洛迪默忘了鱼漂。"感谢星星给鹤带来如此美景！"老洛迪默心想，再次感谢至高无上的上帝让人与鹤成了朋友。